当代诗人原创诗歌作品选

晏 冰 主编

敦煌文艺出版社

图书在版编目（CIP）数据

当代诗人原创诗歌作品选 / 晏冰主编. -- 兰州：敦煌文艺出版社，2019.10（2021.8重印）
ISBN 978-7-5468-1832-0

Ⅰ. ①当… Ⅱ. ①晏… Ⅲ. ①诗集－中国－当代 Ⅳ. ①I227

中国版本图书馆CIP数据核字(2019)第228906号

当代诗人原创诗歌作品选
晏　冰　主编

责任编辑：张家骝
装帧设计：魏学峰　魏　婕

敦煌文艺出版社出版、发行
地址：(730030)兰州市城关区读者大道 568 号
邮箱：dunhuangwenyi1958@163.com
0931-8773258(编辑部)
0931-8773112　0931-8773235(发行部)

北京一鑫印务有限责任公司印刷
开本 787 毫米×1092 毫米　1/16　印张 25　字数 400 千
2019 年 12 月第 1 版　　2021 年 8 月第 2 次印刷
印数：1 001~3 000

ISBN 978-7-5468-1832-0
定价：98.00 元

如发现印装质量问题，影响阅读，请与出版社联系调换。

本书所有内容经作者同意授权，并许可使用。
未经同意，不得以任何形式复制转载。

伟大时代的纪念文集

在中华民族处于积贫积弱、内忧外患的 20 世纪初，中国共产党领导工农揭竿而起，在血与火的淬炼中，带领中国人民展开气壮山河的伟大斗争，让久经磨难的中华民族站起来，让底子薄、人口多的中国人民富起来，让站在新的历史起点上的伟大祖国强大起来。诗歌是人类智慧和情感的结晶，中国新诗已走过百年，步入新时代，如何歌咏新时代，写出与新时代相匹配的诗歌作品，是摆在诗歌作者面前的共同任务。

2014 年 10 月 15 日，习近平总书记在北京主持召开了全国文艺工作座谈会，在发表重要讲话时指出：文艺是铸造灵魂的工程，文艺工作者是灵魂的工程师。好的文艺作品就应该像蓝天上的阳光、春季里的清风一样，能够启迪思想、温润心灵、陶冶人生，能够扫除颓废萎靡之风。广大文艺工作者要高扬社会主义核心价值观的旗帜，把社会主义核心价值观生动活泼、活灵活现地体现在文艺创作之中，用栩栩如生的作品形象告诉人们什么是应该肯定和赞扬的，什么是必须反对和否定的，做到春风化雨、润物无声。要把爱国主义作为文艺创作的主旋律，引导人民树立和坚持正确的历史观、民族观、国家观、文化观，增强做中国人的骨气和底气。

习近平总书记特别强调，追求真善美是文艺的永恒价值。艺术的最高境界就是让人动心，让人们的灵魂得到洗礼，让人们发现自然的美、生活的美、心灵的美。要通过文艺作品传递真善美，传递向上向善的价值观，引导人们增强道德判断力和道德荣誉感，向往和追求讲道德、遵道德、守道德的生活。只要中华民族一代接着一代追求真善美的道德境界，我们的民族就永远健康向上、永远充满希望。

正是在习近平总书记这一创作方针的指引下，中国诗歌也同中国社会的其他领域一样，昂首吹响复兴号角，快速迈入诗歌创作的黄金时代，日产诗歌数百万首，古体诗与现代诗交相辉映，老诗人和小作者互为砥砺，写出了无数记录时代、抒发感情的醉人华章。涌现出了姜玉霞、仁和、邱黎、成焕生、徐兆磊、挚爱、张成林、李国中、张正春、赵万举、鲁冰梅、陈阿欣、贡发芹、霍彩军、毛火旺、魏兴良、雷蕾、牛培顺、戎爱国、姜方、周琼、亮剑风云、严建章、陈厚炳、童业斌、时红伟、李靖宇、肖朗、陈龙章、周晓宇、张卫如、杨宇、包林、洪峰、胡国龙、叶邦宇等一大批文采斐然的优秀诗人。

为了使后人目睹到今天的文坛盛况，也为了使更多文学爱好者欣赏到当代主流诗人的精彩作品，我们本着对时代负责，对文学复兴奉献微薄之力的理念，经过层层筛选诗海淘金，编撰了这本伟大时代的纪念文集以飨读者，并向中国历史上罕见的黄金时代的诗人们致敬！

编者　2018 年 11 月 8 日

目 录

第一辑　当代风云诗人之作
姜玉霞诗辑　2
自序：生活的感动与安静的力量　2
　　安静之美　3
　　禁不住暮春的一场风　4
　　新疆如父　5
　　因为不是诗人　6
　　爱的脾性　7
　　传　承——缅怀洛夫　8
　　额济纳情歌　9
　　骆驼之歌　10
　　诗　意　11
　　醒　悟　12
　　阳光之子　13
　　一方水土　14
仁和诗辑　15
　　遇见是福　15
　　榜　样　16
　　脱　贫　17
　　祆　18
　　诗　缘　19
　　冬日的太阳　20
　　"穷"　21
　　七　夕　22
　　爱　人　23
邱黎诗辑　24
　　陪我看月光　24
　　只想你在我身边　26
　　给小柔的诗　27
　　在春天想你　29
　　那年芳华　30
　　爱上一座城　31
　　思念成痒　32
　　爱上雁荡山　33
　　寻　找　34
　　高铁的车窗　35
　　找个理由去远方　37
侯莹诗辑　38
　　芦芽遐想　38
　　云和你，风和雨——乡村夏夜　39
　　酸辣粉　40
　　心锁，受伤的小鹿　42
　　清明忆母　43
宏伟诗辑　45
　　情殇·红尘渡口　45
　　人生定论　47
　　无眠的夜——回忆是一种折磨　48
徐兆磊诗辑　49
　　失落的俊俏　49
　　离开我的父亲——石榴　50
　　我不想祝福　51

温润诗辑　52
　　夜，怒香　52
　　路过你的青春　53
　　苍穹夜雨　54
孙书英诗辑　55
　　立　春　55
　　等待花开的日子——献给农民工和他们的家人　56
第二辑　当代巅峰诗人之作
张成林诗辑　58
　　村　庄　58
　　孩　子　60
　　红　烛　61
　　沉睡的绿岛　62
　　母亲的眼睛　63
　　美丽之源　65
　　伟大的灵魂　68
　　怯　乡　70
　　牧　人　72
李国中诗辑　74
　　方　言　74
　　献给家乡最美的诗行　75
　　别辜负你的亲人　77
　　迎接明天的太阳　78
张正春诗辑　79
　　游海清寺　79
　　海清寺前观景感慨　79
　　雪　花　80
　　诗　人　81
赵万举诗辑　82
　　山沟里的雪　82
　　等到山花烂漫时　83
　　情系黄土地的洋芋　84
　　梳　子　85
　　我的父亲　86
　　母　亲　88
　　国　槐　90
　　月　夜　91
鲁冰梅诗辑　93
　　无题组诗　93
　　为梦启航　95
　　心是爱的翅膀　96
　　与一朵冰凌花相望　97
陈阿欣诗辑　98
　　太阳岛，那片芦花　98
　　这是拉琴的时间　101
　　深冬里，那一树盛开的蜡梅　102
　　西成高铁上，戏李白　104
贡发芹诗辑　106
　　乌衣老街　106
　　春天迷了路　108
　　演　员　109

坦言 110	选择低头 169
第三辑 当代桂冠诗人之作	诗　意 170
霍彩军诗辑 112	一枚硬币 171
点燃你的世界 112	我与麦子站在一起 172
微信群 113	**姚林章诗辑** 173
距离与角度 114	今夜我不说西藏 173
人生路口 115	我和那里好有缘 174
在窗口的遐想 116	那年那月那一天 175
魏兴良诗辑 117	**第五辑 当代劲锐诗人之作**
动车——穿过故乡的风 117	**童业斌诗辑** 178
今日有雨，我无语 119	喷爱的火山 178
无言的脚步 120	梯　田 180
冰凌花开——题一幅雪景照片 121	扁　担 182
雷蕾诗辑 122	妈妈的吻 183
家乡的渡船 122	**边振兴诗辑** 184
父母恩情 123	大山诗人 184
紫气东来 124	黄昏，大山深处走来了男子汉 186
南方的雪 125	太　阳——给一位已故老人 187
眼蒙胧 126	**李黎茗诗辑** 188
牛培顺诗辑 127	手作狂想曲 188
台　历 127	猜疑背后的三角恋 189
责　任 128	**高龙兴诗辑** 190
赞交警 129	抒写盛世华章 190
面对中年 130	雪 191
戎爱国诗辑 131	**林力博诗辑** 192
村里那条小溪 131	中秋，陪母亲去看海 192
母亲，儿来看你了 133	咏黄桥 195
为生命扬帆 134	**黄芯莹诗辑** 197
姜方诗集 136	梦中的他 197
无花果 136	听，微风拂过的声音——读《妈妈在，家就在》有感 199
流　星 137	家一直都在 200
心同白云一起飘 138	**卧白诗辑** 201
飞来的小鸟 139	有梦所寄 201
初春花蕾 140	八角楼上的油灯亮了 202
第四辑 当代爱国诗人之作	**卡尔汉诗辑** 204
周琼诗辑 142	爱 204
奋进新时代的女神 142	若你懂 205
圆梦"新时代"（九章）143	**郭文波诗辑** 207
火　种 146	午后的秋风 207
丰　碑 147	绽放的春天 209
中国人的"精气神" 149	追逐着鸟鸣 209
中国梦，我把日子过成诗 150	**马喜军诗辑** 210
亮剑风云诗辑 152	月宫春·岁寒三友 210
忠　诚——以警察的名义向祖国敬礼 152	**高尚儒诗辑** 212
荒　原 154	等到红月亮 212
时光如沙 155	冬　夜 213
芳华 2017 156	谁敢说一见钟情不是情 214
握一纸素香，凝眸远方 157	**刘洋东诗辑** 216
长　城 159	紫燕绕梁飞 216
守望天山——致敬修筑独库公路的烈士 161	再见紫蝴蝶——观抗日电影《紫蝴蝶》有感 217
春　虹 162	**香叶子诗辑** 218
五月之雪 163	我的春天 218
严建章诗辑 164	做您的女儿最幸福 219
泡桐花 164	**尹怀亮诗辑** 221
风从海南来 166	路 221
结　局 168	唱　雀 222

雨　景	223	两双手握在了一起	271
彭江琴诗辑	224	**张奎诗辑**	272
同向春风各自愁	224	积满厚厚的牵念	272
你永远都是我三生三世的情郎	226	**陈艺华诗辑**	273
孙成纪诗辑	228	当海泥遇见了沙	273
柏抱槐	228	**田蜜诗辑**	275
七月放歌	230	我　们	275
余长青诗辑	231	**黄硕诗辑**	276
会跳舞的炊烟	231	我是你指间滑落的沙	276
是你偷走了我的心	232	**郝清文诗辑**	278
时红伟诗辑	233	回　眸	278
记忆深处	233	**谷臣锦诗辑**	279
高原情殇	234	致　妻	279
第六辑　当代最美爱情诗		**何联社诗辑**	281
肖朗诗辑	236	爱你，不问归途	281
我途经你的驿站	236	**顾天泽诗辑**	283
何素燕诗辑	240	秋　思	283
遥远的梦	240	**清风诗辑**	284
剔透的爱	242	秋　夜	284
杨宇诗辑	243	**淡菊人生诗辑**	286
你的一个电话	243	杯中的约会	286
陈龙章诗辑	244	**吴建设诗辑**	288
别说你错过了爱的季节	244	雨夜相思	288
相爱只在心灵上沟通	245	**范文曦诗辑**	289
李国中诗辑	246	大海的爱	289
爱，真的好无奈	246	**张大鹏诗辑**	291
洪峰诗辑	248	爱的流放	291
用酒写给伊人的诗篇	248	**邓贵秧诗辑**	292
胡国龙诗辑	250	相伴永远	292
爱的守望	250	**李宏伟诗辑**	293
叶邦宇诗辑	252	遇见你是前世缘	293
火柴头与火柴皮	252	**李睿诗辑**	295
周晓宇诗辑	253	相思湖畔	295
假如那一天真的来临	253	我渴望见到你	298
王方泽诗辑	255	**林杨诗辑**	299
手握镰刀的女子	255	天使，降落在呼兰河畔	299
白小霖诗辑	257	**张建波诗辑**	301
点绛唇	257	你还记得吗	301
董振国诗辑	258	**郑丽丽诗辑**	303
她款款走来	258	恋　思	303
杨峻诗辑	259	**陈哲诗辑**	304
断不了的线	259	祭奠誓言	304
贺阳诗辑	261	**徐玉华诗辑**	305
那一年，走过四季殇伤	261	爱你在心里	305
殷语诗辑	263	**谢雁飞诗辑**	306
在无尽的光阴中想你	263	望眼欲穿	306
李明刚诗辑	265	**温润诗辑**	307
黄　昏	265	我的你	307
张怀秀诗辑	266	**晓松诗辑**	309
无言的思念	266	错的时间遇见你	309
张卫如诗辑	267	**程志慧诗辑**	311
想见你	267	一生一世一双人	311
让我爱你一次	268	**乐夫诗辑**	313
李和葵诗辑	269	夏　夜	313
不要说你什么也没有	269	**周翠明诗辑**	314
高龙兴诗辑	271	流星雨	314

梅朵玛诗辑	315	我的故乡站着一条淮河	356
迟来的客	315	**曹然诗辑**	358
渐玥诗辑	316	挽歌	358
风漫的吻	316	**立勇诗辑**	359
秋意诗辑	318	八台山	359
爱之意	318	**章新华诗辑**	360
侯琳之诗辑	320	军人的风格	360
独　白	320	**刘冬云诗辑**	361
万星诗辑	321	远嫁的姑娘——献给远嫁台湾的姐妹	361
相思如风	321	**李凤彬诗辑**	363
三月丫头诗辑	322	新时代的领路人	363
错　爱	322	**净谦诗辑**	365
廖配春诗辑	324	夜是一首芳香的歌	365
沉浸多年的情	324	**吴冰诗辑**	367
张明霞诗辑	326	割玉米	367
爱的愁眸	326	**黄书平诗辑**	369
骆攀诗辑	327	护航新征程，见证中国梦	369
一句话	327	**崔春震诗辑**	371
孙国仙诗辑	328	凤舞九天	371
最美好的曾经	328	**吴凤久诗辑**	373
宋月儿诗辑	329	知　音	373
一场大雨	329	**争青诗辑**	374
王辉诗辑	330	夕阳母亲	374
宿　缘	330	**雷田伦诗辑**	375
李跻诗辑	331	四　月	375
走在爱的单行道上	331	**邬迁移诗辑**	376
佛左我右诗辑	333	春　天	376
只做你一个人的诗人	333	**张曲且诗辑**	377
顾君熠诗辑	335	坚强是生活的理由	377
今夜，我好想梦在你的梦里	335	**马进思诗辑**	378
马英诗辑	336	回家的二叔	378
夏天的心	336	**林立军诗辑**	380
薛玉林诗辑	337	路，伴随我行	380
你是我梦中的雨	337	**王泉灵诗辑**	381
武淑贞诗辑	338	面对一棵大树	381
听说你要来	338	**罗玉田诗辑**	382
姚万财诗辑	339	梦里花开	382
十八岁的春天好温柔	339	**尚来笙诗辑**	384
张华诗辑	341	相聚时光	384
情　人	341	**陈仕艺诗辑**	385
朱冬石诗辑	342	六月依旧	385
水滴石	342	**肖宏武诗辑**	386
白丁诗辑	343	观淄河有感	386
相　识	343	**李云娥诗辑**	387
谌春香诗辑	344	时光帖	387
当爱来临	344	**赵晓辉诗辑**	388
卞祖祥诗辑	345	小　雪	388
如果有一天，我们相爱了	345	**王凯诗辑**	389
第七辑　当代明星诗人代表作		秋　吻	389
梁继权诗辑	348	**晏冰诗辑**	391
老娘站在小村口	348	西湖醉	391
张顺林诗辑	353		
触摸竹海	353		
黄祥贵诗辑	355		
石臼湖的小船	355		
李继育诗辑	356		

第一辑 当代风云诗人之作

姜玉霞诗辑

  姜玉霞，女，汉族，1965年8月出生，额济纳旗农牧业和科学技术局主任科员。爱好唱歌、旅游、读书、写字。2008年伊始自学现代诗歌创作至今，在多家网刊、微刊发表诗歌近千首，并参赛获得优秀奖，在本旗廉政文化建设诗歌竞赛获一等奖。

自序：生活的感动与安静的力量

云淡风轻的柔软
沿坚硬的棱角游走
让负重有了微妙的提升

不是不喜欢坚硬
铁骨相对于水的肌肤
完美框架微妙的体系结构

明亮、通透的庙宇
唯有诗心在燃烧、跳跃
流淌好似无拘无束的日子

而蒸腾凝练的都会升华
渗透反作用力最坚硬的部分
交会太阳的光芒显现诗的温存

安静之美

无数隐匿的星星预言
我全然属于一份安静之美
包括大多被冷落的诗意
包括珍惜点滴活命的时间
包括那个学着低头走路的人
包括愿意背负我晚归的夕阳……

千万别把它们取走
别把它们从我的稳定屋架中取走
从我直视的眼睛、我遮掩的衣袋
我梦寐以求飞升的天堂里取走

那些逐渐升温而活跃的气流
那些花草招展的纷繁的色彩
那些觥筹交错醉人的天光云影
那些风口浪尖追逐的呐喊、尖叫！

拼命挤占我的空间
一再试图，试图取走——
只不过是一份安静之美
只不过是一份安静之美蕴藉
一颗永不停歇的星球的湛蓝
接纳我的滴水汇入海洋

禁不住暮春的一场风

禁不住暮春的一场风
是清明过后渐渐明朗的树色
和广场石墩上捉摸不定的鸟鸣
和蜕了皮的蚯蚓一样暴露的行人

没料想，打开自己像高原上一面旗帜
没料想，顺风顺水像湖边飘曳的苇草

不合时宜的天气违背节气暖暖的心
这无关又无异于性别和颜色，就此
在他的环境里时常表现得淋漓尽致
寂静的鼓点总是慢几个节拍，或有凝固
而窗外的景色早已是其乐融融的四月天

也许鼓手是无情的，只是春逡巡的脚步
在暮春时节，冷不防让她伤风、感冒、
浑身酸软的事儿，就在所难免……

新疆如父

问问西域,新疆的沃野
可记得父亲戎装俊朗的脸
问问天山,新疆的雪域
可感觉与父亲过膝靴的摩挲

好新疆,新疆好的石河子哟
风中有父亲青春韶华的容颜
伴随兵团的旗帜神采飞扬
一缕白鸽的哨音弥久成章——
回响《我们新疆好地方》——

我们新疆好地方啊……
因为我们美丽的田园
勿忘我们可爱的家乡
陪父亲走过、唱过、念过
军旅生涯,一生岁月……

如今父亲走了,时间愈久
那低沉浑厚的歌声就愈嘹亮
唱彻思念父亲的每个夜晚,
春来秋去……那优美的旋律
确是女儿思亲的泪水谱写
那鲜活跳跃,贴切的字眼
确是血缘的暗河交汇流淌——

一首我们新疆好地方啊
如父亲的良田给养着我的心灵
天山与南北的好牧场哟
敞开父亲的胸怀让我无尽怀想……

因为不是诗人

因为不是诗人，春天了
肢体纹丝不动，苍白的色调也未改变

心情似乎渐好，像一株地柏融化了冰霜
像一棵树，由远而近走完一年的路歇脚

因为不是诗人，春天了
百鸟飞出巢穴，偌大的林子不闻一声鸟鸣

看一粒尘土自由落体或起飞，可是春天的芭蕾
听远处传来马蹄声若隐若现，可是草木在萌动

因为不是诗人哟，春天来了
缪斯集万千文人雅士，游在姹紫嫣红的花海

西北灰白的春天，一个习惯一身素衣的女人
伺泥土松软之机，可是将脚跟儿深扎了一点

爱的脾性

爱的脚步疾如风
不畏风寒雨冷
每每莽撞了十字红灯
危险啊，率性姑娘
欲求快，快，再快的奔跑
直至翩然起飞，脱身
释放磐石般的沉重
超脱的轻灵儿划过长空
嵌入星空永不凋谢的玫瑰
以飞天的火花绝唱千古

爱的脚步缓如钟
不问几度夕阳
踽踽按部画规矩方圆
无奈啊，知性母亲
低调等，等，再等的节拍
淡定从容走笔，放手
忽略蓝天般的篇章
空心的躯壳儿向心埋藏
喷薄火山永不凋谢的玫瑰
以炼狱的精灵绝唱千古

谁能挣脱一丝爱的脾性
无关念你音讯来世今生……

传 承
—— 缅怀洛夫

仅读过一首
《边界望乡》
隔着一掌冷雾
我们相守故乡的泥土

父亲同龄的亲情
祖国同根的血脉
无能穿透陌生的距离

反复吟哦
一句诗意的星火：
当雨水把茫茫大地
译成青涩的语言……
便是一字一顿的泪滴
缓缓落入草窠

诗魔魅力，弥补了
千古遥远漫长的时空
赤目，将同一首歌的种子
植根于我们热爱的血肉

额济纳情歌

喜欢胡杨林静谧深邃
漫步曲径回环的木栈道
听风儿抚弄枝叶的喧哗,时而
轻轻拂面回应朋友的往来与默契

喜欢敖包山悠远缥缈
登上山势渐长的沙包头
看草木绵延无尽的步履,回神
挽手彩练寄托爱人的祝福与牵挂

喜欢北斗路的崎岖穿梭
飘摇颤颤巍巍的单行道
喟叹唐诗又一村的忐忑,默认
冥冥走心引领知音的方向与追求

喜欢昂茨河的蓝天绿野
疯弹太阳指尖的马头琴
追逐天外天的远山驼马,况味
漆漆着身,晕开挚爱的眼底与大海

喜欢,喜欢你谜样的诱惑
朝阳辉映冬的芨芨草闪烁晶莹
那里集聚另一个世界的光辉
连绵死而复生的爱的彼岸花……

骆驼之歌

我的戈壁千里万里
黑发的旌旗朔风卷起
哪儿遗留飞鸟的痕迹
孤寂合着神灵的呼吸

我的骆驼吉祥如意
走出戈壁是草原的神祇
心灵的泉水把家园开辟
理想的鲜花开满草地

啊，我的骆驼，山的威仪
四方遥迢美的哲理
啊，我的骆驼，云的飘逸
天外摇响爱的真谛

我的沙海一望无际
衣袂的经幡弥漫眼底
哪儿见证探险的奇迹
跫音伴着古道的寻觅

我的骆驼吉祥如意
走出沙漠是绿洲的神祇
生命的河流把家园开辟
幸福的笑语林涛洋溢

啊，我的骆驼，山的威仪
四方遥迢美的哲理
啊，我的骆驼，云的飘逸
天外摇响爱的真谛

诗 意

云淡风轻的柔软
沿坚硬的棱角游走
让负重有了微妙的提升

不是不喜欢坚硬
铁骨相对于水的肌肤
完美框架微妙的体系结构

明亮、通透的庙宇
唯有诗心在燃烧、跳跃
流淌好似无拘无束的日子

而蒸腾凝练的都会升华
渗透反作用力最坚硬的部分
交汇太阳的光芒显现诗的温存

醒 悟

生死在卦爻里布道
沿半阴半阳的月轮
穿梭不测风云或影子
沉寂，落下分分秒秒的损耗
偶有老鸹穿透夜的壁垒
不失为永恒的陪伴与关怀

打开早晨一朵鲜花的模样
打开阳光素面纤指的弹唱
打开心情粼波微漾的柔情
打开自信超越恐惧的铺张
一如打开身体阴暗角落的秘方

怎样地铺展，铺展身体崎岖不平的路
让头顶的山坡温情地安放一轮夕阳
背负的坎坷自觉延展坡道的平缓
安抚蜜乳事后修复芙蓉深藏的脸庞
关心私密不耻仅仅为爱寻找的芳香

老鸹间或送来深情的问候
为人类不再遗忘的安魂曲
我得以穿越东方意义的死亡之门
回家，不失时机享用犹如新生之关爱

阳光之子

一双无私无畏的手
悠悠摆弄天地的摇篮
暖融融的爱,点点滴滴
我跋涉于你的一缕琴弦
哦,青丝垂地的阳光之母
我是知冷知热的额济纳孩儿

一首及近及远的谣曲
经久占据时光的舞台
缠绵绵的爱,丝丝缕缕
你抚慰于我的七经八脉
哦,十指纤细的阳光之母
我是刚柔相济的额济纳孩儿

一条若隐若现的河流
屡屡贯通黑暗的淤堵
清凌凌的爱,沁人心脾
我沉浮于你氤氲的潮头
哦,头冠飘逸的阳光之母
我是愈挫愈奋的额济纳孩儿

一本仁者见仁的经书
亘古摆放于信徒的案首
虔诚诚的爱,刻骨铭心
你贴切于我的难言之苦
哦,一笔飞白的阳光之母
我是千载修炼的额济纳孩儿

一把来去自如的沙漏
仁慈安放黄昏的尽头
相依依的爱,无怨无悔

我们走在彼此有约的路途
哦，翻新襁褓的阳光之母
我是人之初出的额济纳孩儿，
我是身着母亲外衣的阳光之子！

一方水土

总想着毗邻的郊外
一条高速分割了自然
高架线的黑衣寒鸦似门卫
总像老朋友与你拉话寒暄

若走不出是心走得太远
西外环的脚步舒缓频率
大喊一声随意怎么解码
植被的根茎融雪般咔嚓

身居市心无奈距离的遥远
吃油条、老豆腐已成奢华
兴隆的外乡人奔走年的吉祥
相对的静谧敲打城郭的虚渺

不单是内火不洁的本性侵扰
我不说读懂物语表达的天机
走到哪里牵连一丝根须的互动
退一步不争地也爱你的弱势
一如爱恋心上人横看竖看的大美

仁和诗辑

仁和，本名陈伟，男，中共党员，河南郑州人，公务员，文学爱好者。

遇见是福

通过他人而熟悉
他人却成了我们的过客
我们一起聚餐
我们一起旅游
我们舍得为对方花钱
我们也舍得时间而见面聊天
不管是友情还是亲情
也不管能不能相伴到老
都是值得一辈子交心的人

榜　样

三十年前
经常以做好事不留名为荣
二十年前
经常以做好事让宣传为荣
十年前
经常以做了好事而害羞
近几年
经常以任务形式去做好事烦恼

昨天
单位同事带着儿子加班
她儿子当着我们的面
做了件好事

脱　贫

孬货是一个人
四十多年懒得没进过省城
成了政府帮扶的对象

修房子
整理院子
学会养殖技术
协调了小额贷款

孬货笑了
一个婆娘走进了家
还带了一个上中学的男孩

帮扶的撤了
孬货大哭一场
带着一家到了省城
照了一张大大的全家福

袄

兄弟三人
很早没了娘
是爹，也是娘
总算给兄弟三都娶了媳妇

天冷了
老汉冻得直发抖
老三说老大老二不像话
老二说老大老三不当家
老大说老二老三太沾光
吵啊吵……

政府给老汉买了袄
老汉流出了泪

诗　缘

痴心
红尘凄美，光阴似水
以诗为情
飞到山巅屹立
寻找灵感

喜欢
抒写生活中的真善美
犹如花朵和露水的相遇
以诗为媒
潜入海洋之底
寻找沉淀

追求
拥有的一生存留
孜孜不倦
心血穿透厚厚的雾障
寻找答案
以诗结缘

冬日的太阳

寒冷的季节
给人一种空冥的感觉

冬日
属于长风，白雪
太阳只是伴郎
耐心而沉着地改变世界
唤醒春的到来

公园的草地
飞落几只雀鸟
晌午的太阳
影子显得格外清晰
厚重的冬衣略有多余

温和的太阳
静谧中清浅娴雅
捧出一颗火热的心来面对
任思绪和着空气袅然
拉近了山野与闹市的距离

冬日阳光
如哲人
暖和安适
记忆里写满了简单、快乐
流淌出一段季节的美丽

"穷"

兄弟俩
老大端碗吃饭
二弟抬脚飞踹

老大
饭洒
筷飞
碗碎

二弟
袜烂
鞋破
脚伤

分个家
老大非要房后三棵树
二弟非说树随房子走

七 夕

花好朝期盼
海角天涯
离飞雁
月圆暮心乱

仰首遥望
思念的潮水云涌
漫过心头堤坝
将真爱扑来

今宵终得诉衷肠
良辰美景
抛开无言的酸楚
诉说海誓山盟

爱 人

已过不惑之年
风雨同舟二十载

感谢上苍
让你来到我身边
你的善良、执着
让我的心像羚羊般跳跃
你就是我生命中我爱的人
感谢上苍
让我催熟你青涩的青春
我的关心与爱护
依旧让你青春永驻
我也是你爱的人

姻缘
让恩爱白头偕老

邱黎诗辑

  邱黎，男，生于20世纪70年代，笔名文学探究者，江苏徐州人。1984年开始文学创作，2018年8月入选中国文化人才库。300余篇（首）作品在报刊、网络平台发表，代表作有《在春天想你》《思念》《只想你在我身边》《陪我看月光》《给小柔的诗》《高铁的车窗》《那年芳华》等。

陪我看月光

月亮上有个姑娘
长得和你一样漂亮
我常常看着她
忘记了少年的忧伤

月亮上有个姑娘
穿着和你一样的衣裳
我常常看着她
度过了想你的时光

陪我一起看月光
对你诉说我的心慌
想牵着你的手儿飞翔
让皎洁照亮了苍茫

陪我一起看月光
向你倾诉我的思量
想看着你舞动霓裳
让温柔温暖了时光

上弦月是你在梳妆
下弦月是你回眸望
是不是收到了我的思念

撩动了你的心房

我在不远的远方
剪不断的情思装进行李箱
无尽的旅程如此漫长
全都是你的模样

月光似水照在我心上
有许多话儿对你讲
月亮上的那个姑娘
长得和你一样漂亮
穿着和你一样的衣裳

我想看着你梳妆
为你贴上一抹花黄
让温柔温暖了时光
一颗心依然滚烫
一直到地久天长

只想你在我身边

梦中熟悉的画面 像电影般浮现
按下了循环播放键
记忆里牵手的那天 定格的瞬间
不敢醒来怕看不见

想你的时候 你忽然出现
清澈的双眸映入我眼帘
记忆的经年 花开的容颜
想一个人——只想你在我身边

曾经懵懂的少年 像害羞的演员
青春已不能再排练
窗外听风的倾诉 听虫的呢喃
唱起那年的《月亮船》

昨夜是从前 梦醒已无眠
深深的夜色是思念
清晰了时间 模糊了双眼
爱一个人——只想你在我身边

思念似竹海的风
微风吹过的山谷 两个人的舞蹈在翩跹
思念如月沼的泉
星空倒映的水面 两个人的情愫在流连

时间一年又一年
还好有你 你在我身边

给小柔的诗

给小柔的诗不能太大声
太大声会惊扰她的梦乡

给小柔的诗不能太轻柔
太轻柔她会听不到我的歌唱
给小柔的诗不能太婉约
太婉约会让她情愫生长

给小柔的诗不能太感伤
太感伤会让她平添忧伤

给小柔的诗是一朵花开的声音
是一弯皎洁的月光
是一声关切的问候
是一人痴心的守望

给小柔的诗写得很和煦
和煦得像一季春光

给小柔的诗写得很温暖
温暖得像冬日的暖阳

给小柔的诗写得很动情
我为一个人穿上了牵挂的衣裳

给小柔的诗满满的都是对她的想
我跃进了思念编织的网

给小柔的诗有琴瑟悠扬 山高水长
有花好月圆 地老天荒
有鸳鸯戏水 化蝶成双

有愿得一人心　白首不相忘
给小柔的诗没有漂亮的诗行
写的都是爱她的文章
小柔　别笑我太痴狂
能否和你儿女情长

在春天想你

纤柔的春风撩起记忆的裙裾
柳枝轻拂水面把想你的一湖春水漾起
张开满满思念的羽翼
飘扬在想你的季节里

杨柳岸晓风拂面
拈一支朱笔　书不尽柔情几许
瘦西湖春雨欲滴
吟一阕新词　诉不完点点相思

种一棵红豆　做经年的印记
只为找回那份最初的美丽
听一夜细雨　一杯红酒配一曲 CD
只为陪伴你在最暖的时光里

用一朵花开的时间爱你
弹奏一曲高山流水　泊一弯时光流转的思念
倾一世柔情宠你
演绎一场风花雪月　留一抹春暖花开的心语

在春天想你
听流年的山高水长
看浮萍的聚散依依

在春天想你
怀抱着一份欣喜
品味着丝丝缕缕的甜蜜

那年芳华

蒲公英学会飞翔才能一路芬芳
它的花期需要翅膀

苍耳学会旅行才能到达远方
它的成长需要航向

萤火虫学会闪亮才能轻舞飞扬
它的柔美需要仲夏夜的月光

蝴蝶学会展翅才能穿上漂亮的衣裳
它的绚丽需要美丽的遐想

世上有朵美丽的花,那是青春吐芳华
那年,我找到了那一抹花香

只是她的花期还在萌生
她的心路还在滋长

青春和美好充斥着理想
告别和怀念弥漫着感伤

挫折和磨难是花开前的奖赏
残酷和遗忘是盛宴后的迷茫

爱上一座城

喜欢一个人,所以爱上一座城
尽管城很小
我依然义无反顾地喜欢
就像喜欢自己的家乡

爱上一座城,因为喜欢一个人
尽管你说你很卑微
卑微得像一只蝼蚁
但我依然爱你

喜欢一个人,所以爱上一座城
我在城里寻找
嗅着你的气息
找遍了每一寸土地
一直找到城市上空的云和云上的雨

爱上一座城,因为喜欢一个人
我愿化作尘埃跌进泥土里
只为亲吻你的脚步,倾听你的心跳
只要你还在这座城
一切安好

思念成痒

在最美的年华看最美的你梳妆
那一段时光在思念的相册珍藏
你的额头上有我亲吻过的花香

我站在高岗眺望
把一地的落樱拼成你的模样
像极了我的诗和远方

风抚过蒲公英的翅膀
思念溢出湖水漫进海洋

思念成痒
抓久了 结成痂
掀开 血就会流淌

那红色
给四月添上一抹夕阳
夕阳下是你的脸庞

我醉了 喝光了西湖的水
那一晚 你就是我的新娘

爱上雁荡山

雁荡山的怀抱很温柔
痴情的我
愿留下
做一颗小小的石头
投入峰底的溪流
望着情侣峰
听相拥的恋人互诉衷肠

就这样
守在大龙湫的渡口
从初春到暮秋
那情话怎么也听不够
从月圆到月如钩
那紧扣的十指怎么也不松手

思念从潭底长出一株藤蔓
托住断肠崖飘舞的衣袖
让黄昏的夕阳
轻抚过儿的伤口
风带着云上的雨
一起飘洛

那宝石般的蓝
晶莹剔透
如你纯净的双眸
我醉了
任那飞溅的浪花
滴入心口
驻留

寻 找

一生会遇到多少人
在清晨
在黄昏
在某一个街角转身
一杯茶或一杯咖啡
一丝忧伤或一滴泪痕

阳光从来都赤裸裸
飞蛾从来都奋不顾身
爱你的眼神谁最痴情
散场后的电影谁在泪奔

我只要一抹唯美
一份纯真
一念感动
一颗柔心
只想你是那个人
为等你的来临
我愿做一丝雨
一朵云
一片叶
一粒尘

有一点动心
如果
拥抱更温存
诗句更化魂
一幽兰
夜已深

高铁的车窗

高铁的车窗太过匆忙
掠过沿途纷扰的万象

有绿岭山坡　青青草场
有摩登城市　阡陌村庄
有皖南墨意　陕北高黄
有一带繁华　大漠苍茫

能风驰过黄河　电掣过长江
能凌驾于高空　穿越过山梁
能在东海观日出　川藏看夕阳
能越过秦岭分南北　跨过关东走四方

把湖光山色送到黑土地
北国风光搬到鱼米乡
早晨在北京吃早餐
傍晚在上海接新娘
涌十万大山的豪情
露巍巍昆仑的锋芒
看运河驳船　听渔歌晚唱

让马头墙听出马头琴的悠扬
长城长听到长江长的回响
塞北的腰鼓鼓声未歇
江南的侬语已在耳旁
听古刹的钟声涤荡
看都市的霓虹闪亮
一吸之间已不是过往
一念之间已不是家乡

把思念带上车
恋人们会少了许多离别的感伤

把温暖带上车
亲人们会提前感受初冬的暖阳
把雪花带上车
岭南的姑娘会触摸到冬天的凉爽
把蓝天带上车
河北的后生会感受到呼吸的通畅

把漠北带上车
唱一曲古道西风瘦马
把江南带上车
吟一首小桥流水人家
把十三五带上车
说中国梦在神州的新故事
把十九大带上车
想百年梦圆时的大国篇章

空中的云飘过
一幅壮锦在飞翔
手中的笔作画
神笔马良在逞强
悲鸿的骏马在奔跑
板桥的竹在生长
汉朝的往事谁在说
唐朝的月光仍在亮

一湾秀丽在山谷隐藏
一道彩虹在雨后绽放
为你的车窗画一抹红高粱的艳红
再添一笔黄土地的杏黄
那是中国的颜色　是
五星红旗在祖国的大地飘扬
那隆隆的声响
奏响了新时代的乐章

啊！风驰电掣，一路飞歌
收获欢乐，满载理想
到家了——回到朝思暮想的家乡
当然，伟大的祖国日新月异
明天的和谐号还要起航

找个理由去远方

找个理由去远方
想和你停泊在荷塘
家在荷叶上安放
萤火虫就是满天的星光

找个理由去远方
想和你化蝶成双
渴了饮晨露
饿了嗅花香

找个理由去远方
想和你回到故乡
我情窦初开
你含苞待放

找个理由去远方
想和你站成两棵树
我为你遮风挡雨
你给我一树花开

找个理由去远方
陌生的城市霓虹闪亮
月亮不是你的家
你只是在月光下舞动霓裳

几声蛙鸣伴唱
一曲早蝉悠扬
数星星的孩子
背上了行囊

侯莹诗辑

侯莹,曾用笔名梦莹、莹颖,山西宁武人。自小酷爱文学,早年发表网络文学,作品偶见各媒体平台,曾在中国诗歌网发表多篇诗歌。

芦芽遐想

题记:漫步芦芽山脚下,倍觉心旷神怡,抬眼望去,山崖连绵不断,树叶静立不动,天高云淡,宛如一幅山水画,却似人在画中游……

芦芽笋儿,芦芽山之根源,
奇峰怪石,林立状如石林。
山脚仰望,犹如镜中画幅。
半山俯望,迂回路成飘带。
看那奇石,却是守山老者。
攀登高峰,太子殿云中立。
太子殿后,但见石岩藏水。
无根之水,自是甘甜润喉。
畅游石林,倘若花果帘洞。
仰望穹空,乌云似雾袭拢。
置身芦芽,忽感胆战心惊。
二龙戏珠,近在眼前游窜。
向下遥望,粉身碎骨之想。
奇山秀景,美哉壮丽奇观。
芦芽美景,自然神雕精妆。

芦芽儿,何日何时再睹风采,
芦芽山,今日有感吟诵几言。
笔友们,与谁共舞再游芦芽?

云和你，风和雨
—— 乡村夏夜

夜色终于拉上缀满宝石的帷幕

月牙儿趁机载着嫦娥跃上树梢

知了啾鸣的叶卷里
弹出一曲神秘的童谣
爷爷花白的胡须飘出的音符
为顽劣的小孙儿架了七彩虹桥
看家狗暂松警惕
摇尾蜷缩门洞

饱腹的牛羊驼回一日风露
甩鞭安然就寝
勤快小伙子锋利的铡草刀
咔嚓断出黄色的期冀
淳朴的农家妇女忙备的家禽晚餐

烘出织锦的日子
倚在门槛奶奶稠密的针脚
缝补出慈祥的爱心

知了奏出了夏夜的神韵
萤火虫飞舞出闪亮的明朝

酸辣粉

酸，辣，烫
烫了嘴，辣了心
辣中有烫
烫了又辣
辣，辣，辣
烫，烫，烫
到底是辣呢
还是真烫嘢
烫，烫，烫
辣，辣，辣
烫烫，辣辣
辣辣，烫烫

娇嫩的小嘴哟
那个肿胀啊
咂咂红唇儿
泡疼，泡疼
摸摸嘴片儿
起皮，起皮
立时辣烫痛

停停，吃吃
吃吃，歇歇
一碗酸辣粉
足足享用个小时

酸了，辣了，烫了
留一空碗笑盈盈
更哪堪可怜红唇儿
肿了，烫了，辣了
已成双胖嘴唇儿
舔一舔，摸一摸

麻了，胖了，脱皮了
嗨……
打道回府
养上几日
我可怜娇娇的唇儿

酸辣粉，辣，烫
……

心锁,受伤的小鹿

生锈的锁儿,沉睡的心灵
泣血的泪珠涟漪了辛酸的故事
受伤的小鹿缓慢匍匐于林间的小路
憧憬着耀眼的光华
携一足以装载自身一切的行囊
沐浴温馨的阳光踏歌而行
美丽的夕阳
彤红的欲望
染就朦胧而瑰丽的宏图
壮丽的穹空下
欢跃的鹿儿

瞬间
诗般的红晕消失
狂喜的鹿儿黯然流泪
夕阳无限美
却是被漆黑的暗夜不眨眼吞噬
星星零零的蓝宝石闪烁于天幕
俨然黑暗角落里小鹿失神冉动的双眸

漆黑的暗夜
受伤小鹿的踌躇
使劲地咂唇
深沉的闭眸
吸一口犹黑的雄风
将耷拉的脑袋高昂起
凝眸仰望恐怖的夜空
缓缓移动沉重的步伐
前行——前行——

清明忆母

妈妈，好想您
我再没有妈妈了
好凄凉
无声的心泪
滴血心声
没有了欢颜
定格了哀痛
从此
你在那边
我在这边
仰天长啸
妈妈，我好痛
我声嘶力竭
你却悄无声息
妈妈，你知道吗
这世界顷刻暗晦了
我怎么坚强起来
没有人会向您那样
呵护我，惦念我
无声地，我泪如泉涌
却还得揩干泪痕
强装欢颜
妈妈，好想您在的时候
妈妈，我好悔恨
没有好好陪伴您
没有保护好您
妈妈，呜呜呜
妈妈，又是清明泪痕时
祭一束鲜花诉心伤
更哪堪悲痛怆涕血
怎奈何思您，念您

我可亲可敬的慈母
妈妈，亲爱的妈妈
您在天国还好吗
我顿足捶胸
我欲哭无泪
我怀念您那亲切的唠嗑
我贪恋您那温暖的怀抱
可如今我和您
在水一方
遥隔两方
妈妈，您可知
老爸的银丝陡地加速
我不忍视他忧伤的双眸
因为，我怕……
因为，我不想——
都只为那肝肠寸断的滴血泪
老爸哀哀幽叹的声息里
我揪心的痛
妈妈，您走得匆匆
没来得及留下只言片语
您那般轻盈
仙风而去
有人说，妈妈您升仙执行天任了
我明白
您一生桃李芬芳，善良仁慈
可，妈妈
您为何留给我们的
却是无尽的痛心
难言的血泪——
妈妈，好想您
今夜梦里拥抱妈妈……

宏伟诗辑

　　宏伟，最为留恋家乡之人，却为打造美好人生而成北漂一族。少时即喜文弄墨，苦于家境贫寒，终未圆高等学府之梦想。把心中梦想与愿望，借灵感爆发瞬间写成诗行，虽肤浅却真实，少浮夸亦纯粹。另取一名曰吉祥四季，取惠及天下万物四季平安之意，别无他求。

情殇·红尘渡口

我在红尘渡口
就像在风浪里漂流
那年　那月　那个秋
你和我相遇在红尘渡口

澎湃不息的河流
你说这是爱的激情邂逅
我似乎觉得是一场梦游
红尘的誓言是否真能相约到白头

潺潺流水粼粼浪波
行成了一个很大的漩涡
这将变成情感的波折
还有上流飘落的秋叶

渡口，红尘劫怨
几多相知却难相伴
把青春的痴情当作浪漫
远去的小舟从此漂泊孤单

秋瑟发抖乃身心之颤
河的对岸不见渔舟唱晚
情到深处望眼欲穿
曾经的狂热已经随风而寒

渡口，多少痴情人的驿站
情殇，多少红颜日夜难眠
缘分，多少相思之梦难圆
醒悟，多少爱恨沧海桑田

人生定论

三言两语话人生
谁的命运不是在捕风捉影
生活就是忙忙碌碌地向前行
年年岁岁花相似
岁岁年年人不同
眼前都是美好的光景
一场春风吹出了风情万种
花开花落能有几日红
天高任鸟飞行
海阔一叶小舟也要逆风在惊涛骇浪中
顺势和逆势都会改变我们的人生
环境会改变希望的梦
年轮是岁月中的不了情
我们每天都会在阳光下看到自己的身影
日出日落沐浴着曦光月莹
抬头蓝天白云好心情
低头前进的步伐感到沉重
路的前途不会光明
一定会荆棘坎坷不平
沧海桑田几多奋争
无限的感慨已经白发丛生
当年的少年痴狂
已经演变成今天的夕阳红

无眠的夜
——回忆是一种折磨

无眠的夜
冷风在萧瑟
就像秋与冬衔接
一切都会被冷落
残忍地吞噬绿色

无眠的夜
寂静的落寞
往事在心里掠过
曾经拥有的快乐
随着时间已逝落

无眠的夜
经历是坎坷
没那么多为什么
命运寄托了岁月
那就做生活强者

徐兆磊诗辑

徐兆磊，笔名文朕。1977年8月出生于云南弥勒市，大学本科学历，曾在本市某机关工作五年，爱好文学、运动、摄影。现经营一摄影工作室，以诗歌为伴，用文字叙述着人生真实和美好。

失落的俊俏

沉重的脚步
一路走来
洗去泥泞
牵强的笑容　几许成熟
还沉重　没有足迹
理想踏碎
叹奇　哪些轻狂脚步
理想逐一

越迷惘……
牛背下来的娃儿哦
你又走出了大山
你是流落的大雁
你是失落的俊俏
不在眷恋厚实的牛背
不听牧童唤畜声
看不到炊烟升起

是的
你已走得太远
别回头
回首已不知来时路
余生不知何处
要知道人生
比那乡道还曲折
不甘心做那片飘落的黄叶
注定你是失落的俊俏

离开我的父亲——石榴

那年仲夏，石榴还在深处枝头观望
我已断然决定离开他
为一次生活的离散
没有预想的晴雨
一行诗句也没有为他写下
走出家门，街市人流如潮
熟悉的方言，世俗的微笑擦肩而过
他，还在原处躬腰劳作
背身转换的神色
像低飞的落雁，让人难以割舍
在他的身边坐下来，时候不早了
风像催促的手脚
搭上入暮的起程，他依然低着头
继续着自己的事儿
将我与片片青叶一同搁浅在枝头
问和答，多余的介入，谁能帮我
用一句旧话唤回渐次涌出衷情

晚归的牛儿，在路边的阴霾处网罗白昼的残渣
点点灯火锁着秋的悲凉，像一座封闭之城
他荒芜的墙头还收留着我的指纹
现在，当我为了索取曾经许下的诺言
为了所谓的梦想，一步步远离自己的良心
噢，背信弃义的人阿，你的冷遇迟早
会被卷入嘲笑的波涌
你的离去犹如那枚秋叶
明年的春色，你都无法拥有
他在和夜幕交谈，和过往的人群说笑
因为寒风刺骨，我一次次地失聪
失去往日的嬉耍但我又无处可躲
石榴啊，你就是我的父亲
我是被你宠坏的孩子
像颗受伤的星星
是谁让他失去了语言天赋

我不想祝福

当你笑逐颜开时
我不想祝福
你的世界充满阳光
多余的祝福或许会惊扰
你的天空里
只平添几丝露雨

风雨缥缈的艰辛岁月
我不想祝福
亲手的呵护来得实际
人生路上
只是没有真诚的伴
所以心途漫漫

一脸的忧伤
我不想祝福
但可以让你依偎
或许静静地倾听诉说
比起无形的背叛
这已是无限的斑斓

当你老去的时候
我不想祝福
早已打听到
佛说，人生哪能多如意
有伴到老
如此很好！很好！

温润诗辑

侯亚萍，笔名温润，中国诗歌网认证诗人，作品和诗选纳入多部书刊，先后荣获 CCTV 大采风论坛 "中国当代十大新闻人物""中国十大桂冠诗人"，作品获中国诗歌艺术最受欢迎诗人奖和中国诗歌艺术魅力女性奖，"中国爱情诗作品获金笔奖"和"全球华语爱情诗佳作奖"。

夜，怒香

夜，撒下一张情网
充满着神秘，诱惑
还有几多传说

夜，吞噬着你
也淹没着我
没有谁能够阻挡
也没有谁能够舍弃

夜，悄然诡异起来
高脚杯不安分地摇动着
任红酒唱着迷人的歌

所有的纷繁
化简成空
原始的冲动
让夜，瞬间怒香

路过你的青春

刺红的破涌
像天际那抹触不到的红霞
沾着爱去搏蝶舞飞

凝视、憧憬、绝望
雨洒花落,指瘦流沙
沦陷在小桥下,青瓦旁
还有凌乱的三千华发

剥皮刮骨,没有那颗朱砂
煎心解药,意渊成愁
烟朦,雨也胧

路过你的青春
似水墨丹青
全部化成江南的风
无缘也足够

苍穹夜雨

雨罩上的滴嗒声越来越急,越来越重
是谁的思念泛滥成灾,如海放空
夜,无声,你,却在心头凝重

曾经,在黄河的岸口,泪一颗颗向东流
几何,细数窗外的火车,能把车次一一记清
无奈,你在边疆的哨所,手握钢枪肩扛月

你可还知,朱家坪的乡亲和未见面的孩子
你可铭记,栾川太君山的愿望和那串念珠
你又怎能忘记,协和里的生死和两难的境地

青青草原,云悠闲,是昨日的景
化德十里,守阵地,是往日的情
一双儿女,两承蒙,一度绝望誓不休

赤峰丘陵美如画,牛羊深处有我家
两间房屋,二十多人住
屋后战地隆隆响,屋前炊烟袅袅饭菜香
太多的场景,太多的离愁
细数如沙,落地生根、发芽、开花
重在兮兮,情深不见头

时光如水不倒流,芳华一去不回头
十余载春秋,不敢回首

今夜,苍穹夜雨,似泪流
知否?知否?成说,白首

孙书英诗辑

孙书英，内蒙古科右中旗三中退休教师，科右中旗作协委员。

立 春

你第一个走来
唤醒冬眠的土地

我听到叶子启蒙
解读东风的信息

我看到枝头料峭
朦胧一丝绿意

燕子骚动了
准备行囊
怕误了约期

等待花开的日子
——献给农民工和他们的家人

街灯无精打采
一位老人孤立在路旁
宝马奔驰汇聚的车流
寄托着他痴痴的等待
是哪辆车满载了儿子一家
跑在前面的孙女
奔向爷爷的胸怀

一队衣衫褴褛的民工
蹲踞在简陋的工棚前
身后是脚手架龙门吊
还有灰色的楼群
快到发工钱的日子了
想着妻儿跑出门
舒展开的笑脸
想着家里的老父
满眼的喜悦

春天燃烧在枝头
等待着花开
等待孕育着
幸福终会到来
……

第二辑 当代巅峰诗人之作

张成林诗辑

张成林，笔名明月，出生于1954年8月，河南省南召县人，现任南阳市益众人力资源公司经理。

村　庄

啊，村庄，数十年了，
你可能早已把我遗忘。
可我忘不了啊，
就像风筝无论怎样飞翔，
绳线却牢牢拴在你那里，
挣也挣不脱那长长的丝缰。
墟里的炊烟，
温暖的草房。
村前的小河，
槐桂的花香。
稻田的蛙咏，
映日的荷塘。
月下的蝉鸣，
伙伴的迷藏……
哎，常牵梦里，
怎能遗忘？
父亲的严厉，
母亲的慈祥。
姐的爱怜，
哥的操忙。
哎，历历在目，
又怎敢遗忘？
村庄啊村庄，
可你咋会改变了模样？
小河干涸了，

不再潺潺流淌。
田地无水了,
再也见不到万顷稻浪。
每当回到家乡,
心里总有淡淡的忧伤。
村庄啊村庄,
我还是喜欢你原来模样。
愿你能留着乡愁,
依偎着我无尽的梦想。
村庄啊村庄,
我还是喜欢你原来模样。
愿你让我思绪的风筝啊,
永远永远从你这里飞翔。

孩 子

看到美国及其帮凶轰炸叙利亚，首都大马士革成了一片废墟，孩子们流离失所，生活凄惨，我义愤填膺，故檄讨之。

孩子啊，
花季少年。
像清泉一样纯净，
如鲜花一般灿烂。
畅饮着知识的乳汁，
依偎在父母的温馨港湾。
然而，战火夺走了学校，
炸弹摧毁了家园。
昔日美丽的居住，
成了一片废墟残垣。
孩子们裹挤在人群中，
被迫逃命移迁。
有的孩子啊，
失去父母孤立无援。
有的孩子啊，
饥寒交加死得很惨。
孩子啊孩子，
痛苦和恐惧相伴。
孩子啊孩子，
噩梦与泪水涟涟。
孩子呼喊来自心灵，
想唤回失去的童年。
孩子哭声撕心裂肺，
欲找回父母的温暖。
这就是炸弹导弹绘制的杰作，
这就是美国及其帮凶的丑恶嘴脸。

红　烛

红烛，火的灵魂
闪耀，散发着温馨
喜悦时使人振奋
烦愁时竟见伤心

红烛，心火发光
却为何光芒不稳
知道了，原是残风来侵
导致泪流满身

红烛，脂膏流向人间
培出灯花氤氲
结成快乐果实
创造光明成因

红烛，燃烧成灰
留下火的灵魂
红烛，不计收获
红烛，只求耕耘

沉睡的绿岛

淯水的泓湾中有一绿岛,极像睡美人,可望而不可即,故咏之。

美丽的绿岛,
是上帝有意地偏爱,
还是白河母亲的滋养。
你才如此超凡脱俗,
看一眼终生难忘。
你香甜地睡着,
容颜像初升的朝阳。
天空是你薄如蝉翼的纱帐,
碧波是你翡翠般的玉床,
微风极像你甜蜜的梦乡。
你安静地睡着,
管它风雨沧桑。
你幸福地睡着,
任凭它岁月悠长。
醒来吧,绿岛,
夜再长也会有天亮。
美丽的天使,绿岛,
快张开你的双臂迎接阳光。

母亲的眼睛

一

夜的苍穹,
闪烁着满天繁星。
不是繁星啊,
那是母亲明亮的眼睛。
母亲慈祥的目光啊,
时刻关注我的一举一动。
母亲离我而去时,
我刚会牙牙学语简单发声。
母亲临终时紧紧拉着我的手,
哀怜地看着我怎么也合不上眼睛。
无限悲哀的母亲撒手人寰,
给我留下童年丧母的巨大不幸。
多亏有两位平凡而又伟大的女性,
接替承担了母亲的责任,
抚育我度过艰辛的童年时光。

二

永难忘的是我可敬的姐姐,
我在她的肩上哭闹着成长。
记得一个风雪交加的早上,
我被怪魔般的风雪声惊醒,
幼小心灵极度恐惧惊慌。
我哭喊着冲向漫天大雪,
去学校寻找姐姐摔得到处是伤。
姐姐看到我浑身的伤痕,
心疼得热泪直淌。
她急忙脱下带着体温的衣裳,
紧紧地裹在我的身上,
然后背着我顶风冒雨,
一步一步蹒跚着走在回家的路上。

还记得在一个秋雨连绵的雨天,
姐姐在学校破天荒分到油条口粮。
在食物极其匮乏的年代,
其贵重程度令人无法想象。
姐姐一口也舍不得品尝,
她冒着漫天冰冷的秋雨,
步行数十里从学校赶回家乡。
在她怜爱温柔的目光下,
我哽咽着一点一点把油条吃光。

三

永难忘的是我的干娘,
她勤劳质朴而又善良。
我在她的百般呵护下,
度过美好而又艰辛的童年时光。
依稀记得一个大雨倾盆的暮晚,
三岔河水骤然间猛涨。
巨浪咆哮着冲垮了河堤,
居家瞬间成了一片汪洋。
干娘对家里财产全然不顾,
只背着我急寻安全的地方。
还记得一个八月中秋的晚上,
冉冉升起的圆月是那么明亮。
干娘在桌上摆满瓜果月饼,
然后净手点燃一炉清香。
她双手合拢虔诚地默默祈祷,
恳求上苍保佑我平安健康。

四

夜的苍穹,
闪烁着满天繁星。
不是繁星啊,
那是母亲明亮的眼睛。
每当我遥望苍穹,
与母亲的眼睛对视,
阵阵暖流涌向心中。
母亲啊,您放心吧!
遗缺的母爱啊,
早已有姐姐和干娘填满……

美丽之源

看一个地方
首先要看自然条件
然后才是
街道、园林、楼市、人文景观

试想
如果一个地方风沙弥漫
即使
建高楼大厦、喷泉花园
也会
郁闷心烦

南阳不是这样
她四周碧水青山
巍巍秦岭
阻挡北来风沙严寒

连绵伏牛山
孕育丹江、白河、湍河流域万千
南来干热风
经长江、汉水、丹江温润浸染
形成
春潮带水，细雨绵绵
阡陌纵横
沃野流油，碧色连天

随风吹落种子
就会发芽伸展腰杆
随便种什么果树
就会硕果满枝香气荡远
尝上一口

就会爽到心田

美丽之源
孕育名人无限
刘秀
在这里策马扬鞭
问鼎中原
登上皇帝宝座
建立彪炳青史东汉政权

张衡
创制浑天地动仪世界之先
耀眼星河系中
世界命名张衡星至今璀璨

张仲景
享有至高地位中医圣先
所著《伤寒杂病论》
仍是国医学习经典

诸葛亮
躬耕南阳十余年
刘关张三顾茅庐
羽扇纶巾，谈笑间
奠定天下三分江山

李白
浪漫主义诗仙
五次莅临南阳
写下《南都赋》千古名篇

当然，当然
南阳谱写新篇
国家白河湿地公园
如同蓬莱仙景一般
鸟巢大气磅礴
天下体育健将乐园
广阔无垠，机场
腾飞银鹰万千

人间天河
润泽北国亿万顷良田

南阳作家群
华文美章世界瞩目耀眼
多了，多了，太多了
不能一一举荐

南阳，南阳
孕育美丽之源
欢迎，欢迎
华夏儿女观光游览
肯定，肯定
您会流连忘返

伟大的灵魂

一个伟大不屈的灵魂,
在华厦大地上飘荡。
啊,屈原,
你为官却怀民至上,
忠君却屡受罢黜,
爱国却遭流放。
公元前278年农历五月初五这一天,
国破悲愤投入滔滔的汨罗江。
啊,屈原,
至今仍能听到你沉重的足音,
亦能看到你消瘦的脸庞。
啊,屈原,
你也许没有想到,
你用生命铸就的悲歌世代传唱。
名相陆秀夫呵,
怀抱幼帝跃入滔天的巨浪。
文天祥大义凛然呵,
一首《正气歌》千古流芳。
一代名将岳飞呵,
风波亭上慷慨激昂。
名师朱自清呵,
饿死也不领美国救济粮。
啊,屈原,
你热血铸就的形象,
依然是那么鲜明深邃,
至今仍是人们为之追求的理想。
啊,屈原,
你的《离骚》《九歌》《天问》《九章》,
开创了诗歌浪漫主义的先河,
每个方块字里燃烧着不屈的火光。
啊,屈原,

你的精神闪耀着中华民族的光芒，
如同冰清玉洁，
犹似芷兰馨香。
啊，屈原，
你早已永生无疆，
在龙舟荡起的浪花中，
在菖蒲艾叶里的清香。
啊，屈原，
今天我们的纪念弘扬，
就是对你伟大的民族气节，
表达最为崇高的敬仰。
啊，屈原，
归去来兮，精魂慈祥，
一枚鸡蛋的内心藏着一轮日出，
一把艾草清香引领着轮回永航。
啊，把思念煮熟包成粽子，
再次投入滚滚的汨罗江，
啊，把激情化作舞腾的龙舟，
全速前进劈波斩浪。

怯 乡

序

我深深地眷恋着家乡，
眷恋得挂肚牵肠。
每当踏上这片土地，
心被花朵们照亮。
鸟鸣声声和风扑面，
蹚着青草气息山野芬芳，
浓重的乡情拥围心上。

一

我深深地眷恋着家乡，
眷恋得挂肚牵肠。
可近乡情更怯呵，
家乡已不是过去的模样。
林木稀疏难见鸟翔，
清澈的小河不再流淌，
醉人的稻香亦不知飘向何方。

二

我深深地眷恋着家乡，
眷恋得挂肚牵肠。
可近乡情更怯呵，
至爱而又空茫。
梦里常与小河流水对语，
亦曾和金莺画眉相唱。
梦醒心中却涌动着淡淡的忧伤。

三

我深深地眷恋着家乡，
眷恋得挂肚牵肠。
可近乡情更怯呵，
往事历历怎能遗忘？
父母的慈祥，
哥姐的操忙，
邻间的亲情，
还有伙伴欢聚的美妙时光。

四

我深深地眷恋着家乡，
眷恋得挂肚牵肠。
穿过光阴与云雨，
心中仍在默默地念想。
我深知即使穷尽一生，
也写不好家乡的佳绝华章，
但我会拼全力去抒写，
因为这是我们血脉相连的地方。

牧 人

蓝天、白云、格桑花、草原,
牦牛、骏马、牧人、响鞭。
辽阔的草原上,
牧人跨骑骏马不紧不慢,
跟着牦牛群,
如同散步般悠闲。
草原有多宽阔,
牧人的心胸就有多阔宽。
草原有多苍茫,
牧人的歌声就有多悠远。
草原上格桑花有多热烈,
牧人的激情就有多浪漫。
不管是狂风大作,
还是暴雨雷电。
牧人不急不躁,
镇定若闲。
轻驱牦牛群,
在风雨中一步步向前。
雨霁虹落,
牦牛群缓缓走向山巅。
黛青色的轮廓铺得遥远。
牧人纵情高歌,
天籁之音呵,
一半留在山的那边,
一半留在山的这边。
牧人山巅勒马,
骏马腾空云间。
顺着山地草原飞奔,
一会绕到山这边,
一会绕到山那边,
瞬间到达山下草原。

日光追随牧人的身影呵,
直至消失在地平线。
牧人的激情呵,
却留在千万棵草尖。
牧人的热烈呵,
永留在山上山下每块草甸。

李国中诗辑

李国中，出生于湖南新邵，商人，业余诗人。其诗清新、自然、淳朴、富有哲理，平凡中彰显对祖国河山的狂烈热爱。多首诗收入《中国最美爱情诗典藏》《中国黄金时代诗歌精品》。

方　言

人说我土
总说方言
总改不了口
可我就不去改
我觉得方言是乡土
是乡土里长长的根
是根里长出来的灵魂
不管大江南北，天涯海角
方言就是亲邻

我很骄傲
只有我们的方言铿锵有力
中国人民从此站立起来了
它是时代的最强音

我很自豪
只有我们的方言最幽默
吃辣椒的人最革命
伟大的湖南人屹立民族之林

对，改不了的是乡音
只要有方言的地方就有亲人
只要有方言的地方就有我们独特民族之魂

献给家乡最美的诗行

二十年漂泊荡漾
家乡的一切总是那么难忘
一草一木，一山一水
全都在心底珍藏
我写了很多文章
字字句句都飘逸着家乡的芬芳
我的文章走进书册
页页都有家乡的根在疯长
可爱的家乡啊
爱可以伤，情可以断
对你的思念却实在难忘

春暖花开
忘不了山上破土的春笋
拔节成长

夏阳炽烈
忘不了儿时游泳的龙潭江
五彩的鹅卵石是戏水的花环
一个个的水漂
牵着家乡的手
萦绕我的梦乡

秋风送爽
忘不了梯田里的丛丛稻浪
乡亲们收获着满满的希望
一缕缕的稻香
诉说着家乡宁静的田园风光

冬天洁白无瑕
堆雪人打雪仗
梦里嬉戏的都是儿时的伙伴

二十年是我生命的精华
白天记忆是汗水
我把它交给奔忙
夜晚思念是灵魂
总在梦里徜徉
相聚,总是太短太短
思念,总是太长太长

我想停笔
思念如同波浪
汹涌进我的心房
我想沉默
家乡却时时把我召唤
可爱的家乡啊
我岂敢辜负你的期望
不忘初心,茁壮成长
才是我献给家乡最美的诗行

别辜负你的亲人

你可以辜负任何人
千万别辜负你的亲人
一旦跨入人生
你便开始坎坷的旅程

向前走
有挫折有迷茫
有艰难有困苦
只要有亲人的支持理解
你便永不迷航

有一天
天下人人都被你得罪
只要有亲人在
你还有希望
你还有温暖

成功值得庆幸
硕果值得赞扬
但亲人的爱
比勋章
比任何东西
都闪亮

迎接明天的太阳

灵魂
漂浮
在旷野里迷了路

是鬼的驱使
还是命运的厄数
思想好像电流断了路

就此走出凡尘
真有超脱的神圣

什么也不想
无牵无挂
无忧无愁

就这样吗
上帝没有回音

既然什么都没准备好
下辈子还没启航
让我再来一次涅槃
脱胎换骨
迎接明天的太阳

张正春诗辑

张正春,江苏连云港人,笔名唐悟之,主管护师,二级心理咨询师,发表过诗歌、散文、小说数篇,发表学术论文六篇,获奖论文二篇。

游海清寺

海清寺的水——
春绿,夏清,秋蓝,冬黑
海清寺的山——
春绿,夏红,秋黄,雾缭绕
海清寺的人——
春勤,夏累,秋忙,冬藏

海清寺前观景感慨

春天——
不是季节,而是内心
生命——
不是躯体,而是心性
老人——
不是年龄,而是心境
人生——
不是岁月,而是永恒

雪 花

雪花,
你怎那么白呢?
是银河里的水洗了你的面颊。

雪花,
你怎那么白呢?
是太阳的汗水把你蒸发。

雪花,
你怎那么白呢?
是乌云嫉妒把你推下。

雪花,
你怎那么白呢?
融化在黑土地滋润着庄稼。

诗　人

每个人都有两个自己，
在不同的场合出现不同的自己，
很多人用表面的自己埋没真实的自己，
并用这种方法去对待别人制造痛苦。
而诗人不能
他表面的自己和真实的自己在诗文里展现无遗。
他自娱自乐，
他自己酿的酒，
自己品尝，
自烦自解。
把情感融于自然，
与自然对话，
产生共鸣。
把爱放大为慈善，
把慈善放大为无为而有为有为而无为的最高境界。

有些诗作，
假面埋没真面，
用同样方法去埋没别人，
可怜的人类虚伪，在扼杀自然的真谛。

赵万举诗辑

赵万举,笔名水闲族,男,汉族,生于1967年,甘肃静宁人,工程建设者,随着生活的号子奔波三十年,用真情感触着世界,从没有放下饱含人生深情的笔。

山沟里的雪

雪
下了一夜
总是在农人最期盼的时候
盖住了焦虑和万壑群山
没有人吟唱雪花的浪漫

咕咕的鸽子停在院子的梨树上
打落扑簌簌的雪
炕上的绣花女人
剪出窗口的冰凌花
轻轻的浅唱
伴着炉火上壶水的吱吱声

田地间
果树披上了玉衣
踩着雪的银毯
展示农人常年排练的舞姿
爷爷喂着膘肥的牛
笑看村头堆雪的孩子

纷纷扬扬的雪花哟
你总是带给大山深处的庄稼人
太多满足

等到山花烂漫时

等到山花烂漫时
她在丛中笑
我依然踏上故乡的归途
是否还住在你水汪汪的眸子里

天幕织出盘旋的鹰
红头巾的女人和黄牛
耕着孤独

野鸡扑棱棱飞起
从紫苜蓿丛中
叫醒安静的农家落院

暗淡了生平事
几回梦里
柳枝吹响儿时抬水的木桶
云朵擦拭小蝌蚪的河

何人能解开心的密码
滚滚红尘
淹没了过眼烟云
灵魂深处迸射出午夜的追问
群山的远方
城市繁华若梦
忙碌的蚂蚁拥挤在累卵之中

同属一片蓝天下
迥然不同
天体　阴阳　生命
时间　空间　思维
交织着
无声无息落入万丈红尘

是谁安排了万物的位次
千年的寂寞

情系黄土地的洋芋

父亲的犁
翻起一道道沟
贫瘠的黄土地
一如他缺水的额头
一步一步
母亲把希望点进初升的太阳

故乡的黄土地
我儿时饥饿的目光
曾经搜索过春天的梨沟
希望捡到一个冻死的洋芋
来来回回跟着抽打老黄牛的鞭子

天堂飘来的云哟
你告诉我
曾几何时
母亲栽的葱叶绿了
能缠在热腾腾的煮洋芋上

梳　子

还记起
那个倩影
挥舞着一束山桃花

微风掀起耳鬓飘飘长发
如流波的丝绸
瀑布般泻下
山涧接住笑声
醉在天幕的剪影里

送你
粉红的梳子
拢住一汪情丝
梳理
不绝如缕的相思
记忆是昨天
细嗅桃花
藤椅里闻着茶香时
更喜欢看你现在耳鬓花白的浪花
和记忆一起
关爱年华

我的父亲

父亲
头戴圆布帽
石头眼镜拴腿系绳
稀疏胡须
岁月压弯了拐杖

早晨 中午 下午
周而复始
和同伴在花园边
看过路人
说说没完的老话
再和谁呢
母亲已离开三十年

每次去看父亲
都是闭着眼睛靠在被子上的模样
说他缓着缓着
哦 八十六年了
也该歇歇
是心太寂寞

记忆中
父亲喝完一瓢凉水
和他的旱烟一起
从门口飘出
庄稼人永远忙着停不下来

下雨了
姊妹们像一窝小燕子
爬在炕头争抢
谁拿的竹篾被父亲先编进筐里

似一篮子兰花在盛开
搬 背 挑 扛
犁 锨 锄 钯
贫瘠的黄土地
父亲养活全家的希望

从农村迁到城市
看见高楼才八年
父亲永远记挂那条忠实的老黄狗
和一坨热炕头
不习惯城市的喧哗
为什么总有那么多闲人在转悠

父亲耳朵不好
孩子告诉我
爷爷今天大声问
——你爸好着吗
女儿回答
——我爸好着呢
父亲笑了

哦 我五十多岁了
您依然放心不下
千里之行
永远长不大的小儿子

我好着呢
您听见吗
父亲

母 亲

您知道吗母亲
我昨天来过

新绿和旧草
一年一年
犹如我花白的头发
思念在草尖丝丝颤抖

您一躺就是三十年
在别人谈起母亲的时候
我只有看着天边的云静默
不愿意说出您已离去
您永远活在我心中　母亲

是您用菜饼养活了我们
是您在油灯下密密缝补着寒冬
是您孵小鸡掐麦瓣供给我们
是您夜夜看着北斗星
是您流着泪送我第一次去远行
……

当我归来时
您已经耗尽了油灯　只剩一把骨头
一滴泪从眼角滑落
知道您要说的话太多
知道您是在等我
您就这样溘然长逝
我号啕大哭又有什么用

天崩地裂
我犹如狂风暴雨推到深谷的小船

一如断了线的风筝挂在绝望的悬崖
心失去了依靠
悲悲切切
冷冷清清

时间会洗涤一切
浓浓淡淡的味道
但遗憾的空缺用什么弥补
像我这个年龄
繁华已从您眼中滑落
您走得太早了　母亲

我告诉您
现在随时可以视频
您用不着去村口盼儿那封信
现在车停家门口
您用不着烈日下背我走二十里山路
现在啥好吃的都有
您用不着去扫磨口挖野菜泪暗流
……

不说了
睡吧　母亲
说多了都是痛
我已经走了　您知道吗
五月兰花花开得真好

思念一如决堤的海
冲垮了天命之年零零整整的记忆
隔世欲望慈母影
三餐嚼碎赤子心

国 槐

三月风
仍没有唤醒
古槐千年一梦
分割天宇
傲视苍生

周王主世朝臣
槐树下脚趾丫上的疤
曾踏过
盛唐环宇

天若有情天亦老
摇叶落
覆盖了金戈铁戟
风云散
肌肤如岩
一身傲骨独擎天

兴衰诉后人

月　夜

月亮升起来了
从山的背上
天和夜吻成一线

三两丝垂柳伴月
似静美的女人
把滑落的秀发轻轻拢在耳后
去安抚世界入睡

月亮嵌入窗棂
几尾小鱼失去了嬉戏的湖光水温
在月色画框的鱼缸里
睁着忧郁的眼睛
窗口的月
仿佛伸手就能碰触如玉的温润
银河流入苍茫的天际

静寂的夜
听见银针从天宇掉落凡尘
突然想来一场
雷鸣电闪　狂风暴雨
撕裂窒息的沉寂
洗去久积胸口的尘封
让月光入住心房
尽管会伤了夜宿枝头的翅膀
还有母亲焦急的心

今夜在等待
知道你会踏着月色
荷塘一片蛙声
经过玫瑰盛开的花园
从斜靠墙角的犁铧上

从刚浇过水的苞谷行间
翩然而至
带来五月泥土的清香

夜睡了
山脉枕着小溪窃窃私语
蟋蟀叫催凝露
丝丝入耳
竹月筛影画窗
照无眠

鲁冰梅诗辑

鲁冰梅，笔名塞北雪儿、一剪红梅、小素如等，曾用名鲁莉。《中国风》编辑，中国公益在线记者，微公益诗人，一间小屋文化传媒创办人之一。出版诗集《为梦启航》《白色情人节》两部。作品多次获得全国诗歌征文比赛金银铜奖。

无题组诗

一

风戏谑地敲击着窗棂
敲击着一颗静默的心
柔弱的星光
从海上飘来
飘着一个梦

一个梦
在黎明前醒来
抖落颗颗露珠
被太阳的灼唇吻干了
印在生命树上

二

本是寄生在贝壳深处
却还要隐匿在苦海之中
忘情地在沙滩上如花开放
是给太阳的
不幸被渔人捡拾了
从此，我美丽的死亡
为陌生人而装饰

93

三

就餐前
用眼睛的弧线
钓一条理想的小鱼
哦，世俗的猫儿
却贪婪地蹲在岸边

四

心儿已属于远方
属于恰是绝望的期望
你既然能从远方走进我的心房
为什么就不能站在我的身旁
——听我低吟听我轻唱

泪水已拌入严冬的雪霜
踩在牲畜的蹄下，也融入了人性的血浆
就让余下的热血也淌去吧
——沿着干裂的河床
孕养冬天这凄凉而美丽的太阳

为梦启航

虽然到了知命的年纪
我才找到了
你的方向
请不要笑我执拗
原谅我的愚钝
我就是你葡萄架下那只
迟来的小蜗牛
枕最后一抹月光
迎第一缕晨曦
赴约

虽然到了知命的年纪
我才找到了
你的方向
我一点都不忧伤
你可知道
我积聚一生的炽热岩浆
终于喷发在
你爱的海洋

虽然到了知命的年纪
我才找到了
你的方向
足迹早已刻印成行
怀着无限的感激
看着夕阳的笑脸
整理行囊
为梦启航，无悔今生

心是爱的翅膀

一声胖子一声老婆一声亲爱的
一张图片一朵玫瑰一个情人节
隔山隔水不隔琴音
隔河隔岸不隔流水
那情那爱那相思
一声低唤一次回眸
我已尘封成多年的酒

一声瘦子一声老公一声爱人啊
一张图片一朵玫瑰一个情人节
琴音婉转谁在弹奏
河岸两边泪水涟涟
那情那爱那相思
几多期盼，一颗心怎承载得起
痛不言笑不语

心是爱的翅膀
在我们的世界里翱翔
等你在夕阳西下的小山庄
一把摇椅摇着我们
今生的故事

与一朵冰凌花相望

与一朵冰凌花相望
穿越思念的长廊
梦回久远的故乡
在那东北的土炕上
听姥爷讲故事
讲刘备曹操关云长

往事在回放
百年后的姥姥姥爷
就安息在白庙山旁
不知道那里有没有土炕
在这寒冷的冬夜
愿将我的念想
结成一朵小小的冰凌花
贴在您的窗棂上
您是否也能看到
冉冉升起的朝阳

陈阿欣诗辑

　　陈华，笔名陈阿欣、陈阿星；本科学历，长期在宣传文化部门工作，现就职于四川省乐山市文联，诗文集《我思故我在》2008年由作家出版社出版发行。

太阳岛，那片芦花

一

那一日，隔岸蒹葭
遥望一片雪
超然江岛之上
笑傲秋风、秋月

生活在禅意里
皈依淡泊，自得其乐
一水西来，擦肩而过
彼此欣赏那份执着
芦花
羞怯……

二

阳光隐在头顶
秋雨星星点点，点点星星
让芦花一如梨花带春雨
也让饥渴的卵石一润口唇

手如柔荑，温柔地玩雨
喜雨的笑声如飞絮
多少缠绵的往事
滑落叶尖，化作
莹莹的
泪滴

三

美人如玉，一效坚守
婉拒春风招惹夏风热情
在滩涂翘首瞻望企盼
兀自出落得玉立亭亭

我心走近，走进
去触摸一颗飘逸的心
一颗昂扬的心
一颗羞涩的心
芦花儿
甜蜜

四

在丹桂飘香的时节
放飞弥天情思
江风吹过，秋思
转身之间将弥漫天际
让我的琴弦也沾上飞絮吧
我心、我梦与芦花浑然一体
顽强而潇洒的生命在歌唱着
专等冬日消息
声音缠绵
不绝如缕

五

笑迎冬近，以成熟为妖娆
把一腔豪情举上云霄
正待寒风送暖阳
挥洒诗意，飘飘

走进《诗经》已堪自豪
走出《诗经》，伊人不再是
遥遥无期的等待与煎熬
清风洗染，让相思
出落得如此多娇

多少邈远无驻的情丝
系上你葳蕤多情的枝头
多少秋晨思慕的凄婉
停靠在你蓊蓊郁郁的怀抱
溯洄而上，道阻不长
佳人的故事，宛在水中央

这是拉琴的时间

这是拉琴的时间
操弓、持琴
以风驰电掣的速度
把寂寞拉成嘹亮的音韵
走入旋律
走入一段华彩
兀自奔放豪情
让孤独沮丧、远遁
从王国潼到马思聪
一路走来，心情五光十色
雨过天晴的彩虹
横跨天庭

遥想那日，蜀国城头
一曲古琴徐弄
已让司马懿顿时知音
于是按住马辔，喝令退兵
又一缕松风
穿越时空，吹过魏晋
有七君子躲开尘嚣求偏安
于是狂歌纵酒，隐逸竹林
那阵子，嵇康
把《琴赋》念了，迎过古琴
拂一声老庄
让哥们儿内心悠扬出清静
此事馋透了陶渊明
遂收藏一张无弦的琴
微醺时兀自摆弄，且曰：
但识琴中趣，何劳弦上声
当然，若乎司马那张琴还活着
文君女士就会加入鲜活的爱情
如今那琴已被毁尸灭迹

深冬里，那一树盛开的蜡梅

一脸似曾相识的素颜
似乎分别得过于久远
如今隔在树梢，却仿佛
隔在云外，隔在天边
不穿越灵魂的时空隧道
怎使我们，相守流年
你的笑，依然那么
凄美而且经典，那份
邻家女的亲切，更有着亲切的
邻家女，那份亲切的淡雅与腼腆
幽香的体味，幽香的鼻息
一如昨夜相逢雨巷的委婉
但你不属于香艳，属于你的
仅仅是不事修饰的质朴与天然
非因断桥边的寂寞无主
却怀一腔等候的执念
种种深情的香誓，依然是
没找到寄托的思念
开了又谢，谢了又开
嫁与冬风尽随缘

你属于深冬，固有着
自己的傲骄，却与傲娇无缘
避开争奇斗艳的喧嚣
那一份孤傲，仿佛离芳春很远
但是那笑得无邪的脸，总在
世界的边缘，绽放自己的春天
你懂得我，我也懂得你
年年，我来树下，你笑云天
你以你的芬芳，语我
却无人能听懂我们的语言

如今相遇了，就别说
相见恨晚的遗憾
一切都正当其时
不早，也不晚……
我们相顾无言，只把
抒情的字句写上蓝天
——在黑夜，在冬天
一句句，都那么动人心弦

西成高铁上，戏李白

李哥，叫你少喝点，你就是不听
几杯猫尿，就醉得你人事不省
你可知道，那些人的酒量都以斤论
公酒考验出的官员，再孬也有几分
那风骚妖艳的胡姬也不是什么好人
竟把五粮液当作黄河之水一阵狂倾
给你饯行，固然有一些真情实意
但难保这其中就没有借酒泄愤
你谪仙的名号已让人眼红眼绿
更何况你还有清平调留下的把柄
再说你那首《蜀道难》的古风
压根儿就透着对政府的不满不信
对你上班喝酒的处理已属法外开恩
而你特立独行的性格更得罪了朝臣
有皇帝罩着，固然不好大弄
醉死你报个意外也不是不行
亏你在政坛还混了大半辈子
居然忘却了"人心惟危"的古训

醒醒，醒醒，你说"难于上青天"
可知我们现在就宛在云间飞行
事实上，世事的演进
比我们想象的还要快出几分
八百里秦川的隧道与高架
纵横了历史，纵横了蓝天白云
穿越了秦岭，就绕开了古今
你才知道什么叫作"地球村"
从你这个故乡到你那个故乡
也许就是那么几小时的光景
说不定你晨浴华清池，中午
就能赶上杜二哥为你专设的宴饮
现在，已过万重山的不是轻舟

瘫痪的栈道，留下的只是一段传闻
通人烟的不仅是秦塞，而是世界
汪伦的桃花潭也不再那么温情
醒醒，醒醒，你看你这一场酣睡
不知又浪费了多少诗歌的豪情……

贡发芹诗辑

贡发芹,生于1965年10月,笔名亚鲁、贡晖,男,中学语文教师,二级律师,安徽省文史馆特约研究员,安徽省明光市政协常委、市政协文史资料委员会主任,出版诗文集多部。

乌衣老街

走在破旧的乌衣老街上
走在尘封的千年历史里
千年历史原本是一卷厚重的书
但早已被时代的脚步踏成碎末
一页一页千疮百孔七零八落
一行一行颠来倒去断断续续
无法寻觅到畅快淋漓的章节
无法品尝到香醇浓郁的韵律
到处是难以辨认的陈旧语句
解读起来模模糊糊无比费力
到处是拄着拐杖的文字符号
苦思冥想半天最终也只能意会
雕梁画栋无一不是锈迹斑斑
隐藏着昔日众多繁华的故事
水泥钢筋全部垒得周周正正
告诉你开拓创造的凶猛威力
青石板上的脚印冷冷清清
感觉不到炽热的历史温度
青石板上的人影孤孤零零
看不到拥挤的历史欢聚
在乌衣老街上走来走去
始终没有走进庄严的历史园地
究竟乌衣能不能回到历史里
究竟破碎的历史到底能不能重新修复
风烛残年的历史回答不了我
念念不忘乌衣的我也回答不了我自己
乌衣虽成为刘禹锡眼中的寻常

但我仍然会始终铭记千年的乌衣
历经千年风霜的乌衣老街哟
千年的牵挂从此留在了我的心里

注：乌衣镇系皖东地区千年古镇，现为滁州市南谯区区政府所在地。乌衣老街与刘禹锡诗中的南京乌衣巷仅仅一江之隔。

春天迷了路

这个春天过于顽皮
时常顽皮迷了路
迷了路时常错误地返回冬季
为摆脱冬季一个人时常哭泣
和煦的阳光时常愁眉苦脸
放肆的冷风铺天盖地
冻碎了我的美好希冀
晴朗的苍穹时常泪水涟涟
恣意的冷雨淅淅沥沥
淋湿了我的美好记忆
妩媚的天空时常斑驳陆离
任性的雪花痴狂飞舞
迷乱了我的美好心思

这个春天过于顽皮
顽皮的春天迷失了前方的路
我时常寻找不到春天的足迹
敞开的心扉只好关闭
明年的春天还会不会顽皮
顽皮的春天还会不会迷路
明年的春天如果再次迷路
我关闭的心扉还要不要开启

演 员

你唱了一首又一首歌
该捧举的已经捧举
你跳了一段又一段舞
该击鼓的已经击鼓
你弹了一曲又一曲琴
该赞许的已经赞许
你挥了一次又一次剑
该欢呼的已经欢呼
观众已给予你全部的热情
你应当百分之百满足
世上从来就没有永恒的完美
舞台绝对不是一个人的领域
你的歌并非空山鸟语
你的舞并没惊世骇俗
你的琴并未回肠荡气
你的剑并无独门绝活
别一味陶醉在掌声之中
别依依不舍重复自己的脚步
台下有人一直在看门道
台下有人等待观看新排戏剧
人生梦圆时一定要及时谢幕
还有人在苦盼进入梦中起舞
不要为了多获得一次喝彩
而剥夺别人做梦的概率

坦　言

岁月已渐渐老去
但年轻时的记忆依然新鲜
你一直扎根在我的记忆里芬芳四溢
老去的只是容颜
青春已悄悄流逝
但年轻时的好梦仍旧璀璨
你始终安住在我的好梦里悠然自在
流逝的只是时间
你的明眸
是严寒中温暖的春天
有我的刻骨铭心相伴
你的生命不应有太多的遗憾
你的微笑
是酷暑中冰凉的清泉
有我的天长地久祝福
你的内心不该还有没了的心愿
不完美也许是最完美
未实现可能是真实现
我若是你
一切都该释然

第三辑 当代桂冠诗人之作

霍彩军诗辑

霍彩军，男，毕业于陕西延大外国语学院（外语教学专业）。1997 年参加工作，现于陕西米脂县城乡住房建设局就职。业余爱好中外文学。

点燃你的世界

用一双明亮的眼睛，
看你的世界，
即使它冰凉、黑暗，
你依然能用智慧的眼光，
把它温暖，照亮。

人间是冷，还是暖，
由你来主张。
春暖，夏热，秋凉，冬冷，
四季如此，
你的世界也正是如此，
即使寒风刺骨，
你依然能用一颗炽热的心，
让它变得温暖、阳光。

用多元包容，
接受并融化，
你冰封的世界。
即使冰天雪地，
你也能用理智的头颅，
把它消融。
而你依然春暖花开，
用激情奏响，
那欢快的生活乐章。

微信群

让我们的微信群，
变成月亮皎洁的夜空，
就像在美丽的夏夜，
人人都能享受到无比的清凉。
这样我们放飞的灵魂，
才能自由地穿往、飞翔。

别因看不见对方，
无情地互伤。
既然来此，
皆因某种缘分。
珍惜缘分，
关爱对方，
让微信群，
变成大家的避风港。

神奇的微信群，
她凝聚着四方灵，
但愿她美好如初，
就像动人的夜空：
星光闪闪，
月光朗朗。
这里只有大自然的万籁，
她容不得我们的
任何嘈杂或辱骂。
她是我们心灵互映的平台，
而不是不见硝烟的战场。

请我们，
相互尊重、相互关爱，
让我们的微信群，
变得就像神圣的夜空，
一样神爽！

距离与角度

距离与角度的关系,
每个老司机,
都熟悉:
没有距离,
就没有角度,
距离越大,
角度越刁。

距离与角度,
恰如宽容与接纳,
宽容越大,
接纳越妙。

距离与角度,
恰如成功与失败,
失败越多,
成功率越高。

距离与角度,
看似不同,
关系深奥。
在生活中,
距离与角度,

随处隐藏:
比如快乐与烦恼。

人生路口

心慵意懒，
还爱高调，
迈向机巧，
恶魔将把你吞掉。

心存善意，
摆脱虚荣，
忽略体面，
艰苦奋斗，
与勤劳结伴，
幸福将与你拥抱。

人生美好，
靠你自己创造，
纵然父母再强，
也会慢慢变老，
纵然朋友再多，
纵然兄弟再好，
只是你——
成就功业的配角，
你可曾知道？

人生路口，
冷静思考，
是非不分，
方向一错，
不卖后悔药！

在窗口的遐想

我站在高楼的窗口，
阳光和微风问我：
"你会跳下去吗？"
我沉思了一会儿，
微笑着说：
"这怎么会呢，那需要天大的勇气，
即使双眼紧闭。"

生活有时，
确实需要勇气，
能把去死的勇气，
用来面对生活的挫折，
那是多么的美丽。

站在高楼的窗口，
既然选择了生存，
那我就勇敢地走向生活。
无论前面是刀山火海，
还是万丈深渊。
我将永远鼓足勇气，
使出气力。

更何况，
选择了死亡，
也需要惊人的勇气。

魏兴良诗辑

魏兴良，四川省作协会员，中国散文诗协会会员，营山县作协副主席，文学季刊《文脉》副主编。出版散文集《流水的回声》《时光的碎片》《我的甲午记事》《几度芳草绿》和诗集《梁上余音》等。在《星星》《中国诗歌月刊》《长江诗歌》等发表散文、诗歌、散文诗近80万字。

动车
——穿过故乡的风

这是一个边远小镇
淡静而瘠贫
那一日
一列动车驮着外面的清新
飞临这小镇的骨架上
三月的油菜花遍地金黄
让蜜蜂排成方队
以注目的姿势
向动车洒去山人的敬意
从此
一列接一列飞驰的旋律
灵动在故乡的土地上
穿过古朴的乡风
出发川人的潮水
漫过了古老的围墙
让阳光分娩出
更蓝的天地
三月的风
发情大地的畅想
让所有的欢笑
随动车的清音
飘到四面八方
那一夜

我在站台上睡成
黎明的海港
醒来时
笛声催开了一枚枚
绿色的花朵
灿烂小镇和
那缕初升的太阳

今日有雨，我无语

时已立春
昨夜有雨敲窗
我翻动珠帘
卷起泪千行
我把收藏的那把油纸伞
在桥头
在小河边 为你撑起一片蔚蓝的天
让云朵和雨水
在古老的青石板上开放出记忆的花来
用笛声催开那些发情的柳芽儿
在我思念的阳台上
晒出如你花样的脸庞
你还好吗
远方那我牵挂的风筝
我在岸的这边闲坐
等待风送来的纸鸢
飘落在我的身旁
我把春天串起的
枚枚绿色项链
放到柳烟深处
等待那一朵远去的桃红
想象那燃烧的一团烈烈火焰
与这半闭半开的珠帘
一起化作一泓清水
淹没我高筑的心堤
十四日这天有春雨
而我，却无语

无言的脚步

在这个季节里
你走了
把昨日的风和雨
带向辽远的地方
用心中的泪滴
打湿一行行濡湿的脚印
每一个脚印
就是一行清丽的文字
在漫漫行程中
默诵你脚印的光芒
把所有的畅想
雕刻在你无言的印迹里
今夜无月
在迷蒙的夜晚
感受你曾经的温柔
透过窗纱的影子
有脚步从远方走来
我知道那是你无言的叹息

冰凌花开
——题一幅雪景照片

一切都在这里冷却，静止
只有那一挂挂如瀑的冰凌花
在寒冬里绽放
它把曾经的豪放、粗犷
凝成人生的桥梁
从浮水上走过
那依栏而立的一点红
你在张望什么
看你那飘逸的红纱巾
和背后的冰雪
形成这雪域又一道靓丽的风景
我知道，此刻
你把身和心
都定格在这
风雪弥漫的山中
只为一睹这自然界一处
神奇的过往
不是吗
当太阳出来的时候
雪化了山，还是那山
水，还是那水
只是这一瞬的奇特雕塑
够你一生回想

雷蕾诗辑

  雷蕾,湖南祁东县人,实力诗词家,中国音乐文学学会会员,在全国各大诗刊发表作品数百篇,创作诗词近千首;有作品入选《中国实力诗人诗选》《中国十佳诗歌精选》《中国亲情诗典》《中国当代真情诗典》《中国诗人年度诗歌选集(2018)》等。获"中外华语十大桂冠诗人"、首届全国"东岳文学奖""中外华语百杰诗人""孔子文学奖""中国新诗百年十佳先锋诗人"、首届全国"黄河文学奖""21世纪诗歌骑士"等荣誉称号,系《世界诗人》签约作家,已出版诗集《紫气东来》。

家乡的渡船

家乡的渡船
是曾经的昨天
新建的大桥
送走了你默默的奉献

家乡的渡船
在迷雾中出现
竹竿的长影
总是把你撑向风口浪尖
两岸的码头
仍旧不忘对你的挂牵

家乡的渡船
是甜蜜的思念
多少回梦里
承载父老乡亲的心愿
幸福的生活
永远铭记你对故乡的热恋

父母恩情

开荒，一片片梯田
补丁，一件件衬衫
汗水一次次挥洒
家里的事总忙个没完

含辛茹苦把孩子拉扯大
苦口婆心教下一代多学文化
春夏秋冬风里来雨里去
一年四季为儿为女为了家

兄弟姐妹已长大
一个个远离了你俩和老家
减轻了肩上的负担
却增添了寂寞孤独与白发

一双老茧手绽开多少口
额头皱纹是人生几道沟
从来没有清闲与享受
生活富余了还苦干埋头

回乡的道路好漫长
父母的恩情难报答
故乡的思念纯又亲
父母的恩情似海深

紫气东来

山东出好汉
中国有泰山
五岳独尊攀
九州岛一派好河山

岱宗之巅赞
云天外非凡
巍峨雄伟九天揽
多少帝王拜此山
飞雨迷雾散
云开云舒展
天上人间阔又宽
稳稳坐泰山

紫气东来叹
如此壮丽好河山
一路同行论高端
满载喜悦返

南方的雪

南方的雪
是切切的盼望与久别
飘然而来
是那么温柔与亲切

南方的雪
没有千里冰封的深厚
款款落下
像献给姑娘小伙的哈达

南方的雪
难以堆积难以雕刻
大地的爱温暖
很快会将它融化
南方的雪
多少带些稀奇与惊讶
清早起来
到处都有孩子们欢乐的笑脸

南方的雪
其实和北方是一样的白
一样白天不懂夜的黑
来去匆匆，时光更短一些
南方的雪
像朴实的诗一样素颜纯洁
挂满枝头
飞向希望的田野

眼蒙胧

半月眼红
处处蒙胧
时过冬至
寒气又重

夜半惊梦
心事种种
窗外风响
雨声更重

往昔岁月不回头
委屈心酸只泪流
问问一生有何求
干完这杯满满的烈酒
眼蒙胧
迷雾重
对错赢输眨眼无
是非成败转头空

志高远
展翅飞
百折不挠头不回
真诚从容去面对

牛培顺诗辑

牛培顺,北京市人,当代实力派书法家、知名诗人。中国诗歌学会会员,中国诗歌网认证诗人。

台 历

当新年的钟声
划过桌面的台历
我用反弹的目光
审视自己
眼角的鱼尾纹已犁出
几条荒芜的轨迹——
直达又一个年底
我不知在这一年能否
播撒良种——
收获满意我却深知啊
等回过头来再翻看台历
黑发成白发的演绎
将会搅乱所有的心绪

责 任

女儿　是我儿时的
复印件
父亲是我未来的
样板
既然生活的重担
已落在我的肩膀
以后的日子就不再是
一幅风景画

女儿　著成我儿时的
自传
父亲驼背成我未来的
拐杖
既然我站在他们中间
就不能不一手拉着女儿
一手搀着父亲
赶上生活的浪尖

赞交警

让年轻的心
在阳光下逐日投影
来自一种信念和赤诚
汗珠也滚落成一颗
镶嵌在十字路口的小星
——与红绿灯交相辉映
闪烁中祈盼千家万户的
幸福与安宁

也曾被风霜雨雪描摹成
一副憔悴的面容
那是为了抚平社会爱心的创痛
当车流又潮水般从你面前
涌过的时候
臂膀里怎能不挥出如此
如此的执着与庄重

面对中年

当岁月的时针
指向生命的焦点
只敢偷看一眼
正疯长的白发
和饱经风霜的脸

当一条曲折的路
伸向生命的驿站
却不敢停歇
满街的流行色
会使人眼花缭乱

当一叶小舟
驶向生命的港湾
是否停泊靠岸
风平浪静的日子
怎么迎接未来的挑战

戎爱国诗辑

　　戎爱国，网名大漠驼铃，原籍甘肃张掖，第二故乡新疆乌鲁木齐，生于1952年，中共党员，新疆首届高等教育自学考试汉语言文学大专毕业。平时热爱文学，喜欢写作，有《往昔那些芨芨草》《乌鲁木齐县南郊经济走出困境的探索与思考》《乌鲁木齐县广播电视的历史足迹》《乌鲁木齐县破除殡葬陋习第一人》《乌鲁木齐县粮食工作变迁》等文字已发表。

村里那条小溪

村里有条小溪，
她从山涧河谷走来，
越山崖，过花丛，听林涛滚滚，
染芬芳一身。
然后平和而从容地走向原野。
她蜿蜒逶迤，
走家过户，
日夜兼程叮咚远去。
载着我年少时最纯真的梦，
是留存我心中割不断的情！

噢，我生命的小溪
曾不知从小溪到江河有多遥远，
也不晓实现梦想的路有多艰难，
但我知道小溪是我的榜样，
她涓细而不悲鸣，
曲折而不自弃；
她无波澜壮阔之势，
却有一往无前之魂。

我还知道
无价属于生命，

愚昧源于无知，
成功始于勤奋，
感动来自宽容。

小溪告诉我
不论你多么的低微，
不论你何等的高贵，
你都该知道自己不过是沧海一粟，
你都该明了生命也都是长天一梦。
也许小溪的梦里有过汹涌澎湃的憧憬，
但历经春夏秋冬她从来都是奔流不息！
捧一口小溪的水咽下，
五脏清凉；
撩一捧小溪的水冲额，
六神清明……
我感谢泪水深刻了快乐，
我崇敬苦难铸就了坚韧，
我憎恶假面掩饰了虚荣，
我悲叹狭隘催生了妒忌。

我希望
生命随万物敲醒麻木的洪钟，
记忆的殿堂摆满善良与真诚。
愿得意者不嚣张，
让失意者不猥琐，
给成功者以鲜花，
送受挫者以信心。

小溪，是生命的象征，
人生，是艰难的旅行，
我期盼前方不要有闸门，
即使小溪崎岖蜿蜒，
她总会一路叮咚一路歌声！

母亲，儿来看你了

清明时节，
断魂路上追思的脚步匆匆忙忙，
母亲沉睡在山冈
小草吐绿，泥土芬芳，
点点迎春花金黄耀眼竞相开放。
我欣喜昨夜的寒冷与寂寞，
已成为母亲的过往与曾经。

母亲，儿来看你了！
你在那边过得好吗？
燃一炷檀香，
青烟袅袅可否搭就你通向天国的云梯，
烧一把纸钱，
烈焰熊熊能否毁灭我心中久久的思念！
三尺黄土
岂能割断我心灵深处你平静安详的面容，
万端思绪
无处不是对你刻骨铭心的追思。
儿想知道你在那边，
是否找到了青春的梦乡？
是否回到了渴望的童年？

父亲曾说年轻时的你如花似玉，
可当我懂事时你已沧桑满目，
辛劳泡透了的美丽，
哪里还有春意盎然！
此刻儿想告诉你，
在你希望的天空，
我们都已不再是娇小的乳燕。
此刻儿想问你，
如今我们都已羽满翅坚，
但不知是否已飞出了你牵挂的目光？

为生命扬帆

春风，
浩荡于希望的远野，
枯枝，
无奈于吐绿的新装，
青春，
在生命的跨越中如痴如狂，
落日，在暮鼓的余音里灿烂辉煌！
我想，
当父辈的青春已枯萎于岁月的荒原，
当自己的青春已退守于生命的边防，
当银丝爬满沧桑的额头，
当苍凉搅动悲怆的心房，
我该怎样表达对生命的敬仰，
又该如何诀别亵渎生命的审判！
我知道火焰无暇顾及燃烧过的灰烬，
浪潮来不及回望吻别后的海岸，
但我还是愿意追寻燃烧中烈焰的庄严，
还是希望融入奔腾浪涛的一往无前。
站在父辈的双肩，
穿越繁华都市，
分享了人类文明的经典；
踏遍沧海桑田，畅饮了盘古开天的甘甜，
但我不知道是文明进步的呼唤，
还是人类追逐功名利禄的必然，
在城市与乡村之间，
候鸟从没有收起过博弈风雨的翅膀，
在文明与蛮荒之间，
追梦人一刻也不曾卸下自奋的马鞍！
然而，
衣食无忧中有人失守了粗茶淡饭的精神家园，
饱食终日里有人习惯于看破红尘的厌世悲凉，

空虚的灵魂找不到赖以安顿的理想田园，
麻木的神经奏不响曾经奋进的华美乐章。
任生命在虚无缥缈中走向死亡，
任时光在自我安慰里黯然神伤。
我很想说
心灵鸡汤可以营养暮年寂寞无聊的心房，
看破红尘的痴人不该麻醉雏鸡奋飞的翅膀。
我宁愿火炬的光亮淹没于太阳的辉煌，
绝不愿生命的烈焰自息于黎明前的夜晚。

啊，朋友！
当你我被繁华层层包裹，
心中是否点燃文明的火光，
内心的龌龊与黑暗是否自焚于文明的烈焰？
啊，朋友！
当利与名的光环让你眼花缭乱，
你我是否守得住贫贱不移的底线，
志存高远的旗帜是否还在召唤从前的诺言。
我想知道，
在道德的天平上，
良心的砝码还有没有足金足银的分量？
在友谊的大厦里，
真诚的尺度还够不够丈量高朋满座的殿堂？

驻足财富的殿堂，
我希望拥有铜车千乘，金碧万方；
仰慕荣誉的盛宴，
我希望获得美酒一杯，欢声拍岸；
我敬仰创造乃生命的格言，
我崇尚活着的价值在于奉献，
我不想为铜臭殉葬，
更不想玷污荣誉的华章。
关于友谊，
我希望倾注一生去追问伯牙绝弦的圣洁与高远，
我期盼头枕高山流水的乐章消失在天国的梦乡。
虽然我羞愧于琴心剑胆，
纵然我卑微似山间一兰，
即使这样，
我也要将生命的指针拨向有梦的方向。

姜方诗集

　　姜方，男，汉族，山东省巨野县人，生于1969年11月，汉语言文学系（本科）毕业，副教授，网名春天的阳光。在刊物发表论文、散文、短篇小说、诗歌400多篇（首），主持编辑《全国中小学教育论文选集》，出版诗集《足迹》，出版业务专著《记叙文教学方略》。

无花果

没有告诉太阳，
也不曾告诉月亮。
没让春风，
给你做一身彩妆。
也没让蜂蝶，
给你办一场歌舞联欢。
只让绿叶，
做一把阳伞，
遮住世间的喧嚣，
偷偷地降生了一群孩子。

知道你不喜欢张扬，
把最招人眼的部分，
毫无保留地舍去。
把甘甜全部藏在心里，
留给有心的，
爱你的人们。

亲，爱你！
但不能从美丽开始。
你的内心，
越来越让人思念……

流 星

虽然你很靓丽,
但你消失得如此之快。
没来得及仔细看你的容颜,
也没来得及说声爱你,
就拖着尾巴离去。

你让我怎么想呢?
你是无情,
还是在逃避?
在这灿烂的天空,
就没有留恋的东西?

走就走吧,
月亮里的嫦娥,
永远守候着那棵桂花树。
花开几时,
花落几许,
只有周围那些星星,
眨着眼睛,
闪耀着永恒。

心同白云一起飘

离开尘世的纷扰，
心同白云一起飘。
让清风抚摸脸颊，
让星星陪着闲聊。

那蓝蓝的天空，
像水晶一样纯洁，
清澈透明，
没有半点污淖。

云彩是那么温柔，
像兄弟姐妹一样和蔼，
互相谦让，
从不因一点摩擦争吵。

星星闪着亲切的光，
像美丽姑娘的眼睛，
含着情，
透着爱，
没有伤害和计较。

心同白云一起飘，
飘到遥远的天空。
寻找神仙居住的地方，
不会有尘世的纷扰。

飞来的小鸟

何处飞来一只小鸟?
栖息于窗前枯枝树梢。
有意走过去,
仔细分晓,
又怕把它美梦惊扰。
罢了,罢了。
独自保持模糊的头脑。

好想睡个深沉的觉,
小鸟却在窗前啾啾鸣叫。
开门到近前,
想抚摸那漂亮的羽毛,
只怕群雀飞来喳喳喧闹。
罢了,罢了。
假装睡醒伸个懒腰。

想去外面散步,
躲开不必要的烦恼。
抬头望天空,
无目地吹个口哨,
不料小鸟却在肩头撒娇。
哎哟,哎哟。
这该如何是好?
如何是好?

初春花蕾

你一再让我表露,
我感到风中还有寒流。
层层轻纱,
包裹着纤弱的愁。
尽管柳色绿了,
小草探头。
尽管鸟儿呼唤,
蜂蝶静候。
你追问千万次,
那句话,
还是难以说出口。

第四辑 当代爱国诗人之作

周琼诗辑

　　周琼，笔名小木屋，男，当代作家、诗人，湖南邵阳人，现居广东。在全国各种媒介发表诗歌、散文、报告文学等数百万字。作品多次荣获全国大奖并被收入多种出版读物。

奋进新时代的女神

你从三月八日款款走来
仿佛那漫山遍野盛开的鲜花
仿若三月阳光一样灿烂如歌
如是三月春风一般明媚如画

你宛若那淙淙如练的瀑布
开朗奔放，神采飞扬
你如那南海蔚蓝的海水
淡而清，美而雅

你让我无法囊括奋进新时代的美丽
你让我的诗不论多美也抒发不了
你明快轻盈如春风的快乐无限扩大
你充满爱的温馨大海般圣洁无瑕

哦，奋进新时代的女神
你绝不仅仅是那桥上的风景
奋进新时代，你鼓起爱的风帆
让快乐男走向幸福的彼岸

哦，奋进新时代的女神，在三八妇女节里
请允许快乐男送上节日浓浓真意的赞美
哦，奋进新时代的女神，请接受快乐男
为奋进新时代的你送上春天玫瑰的敬意

圆梦"新时代"（九章）

1

皮鞭高扬
抽打着头昂　目怒
虎啸　狼嚎
头断　血流
绿荫的春天　低着头

2

霓虹灯瘦了
任其寒风飘零
向日葵沉了
逍遥的太阳
苦苦地痴情

3

下乡知青
饭碗　总端在自己手心
学子赶考
单薄的身子雨里风里
只争朝夕

4

迷漫的扬尘的城
肮脏的烟雾的村
光秃秃的山
臭熏熏的水
难民似的火车汽车　一地奔跑

5

千万的农民工
不分晴天　不分雨天
不分白昼　不分黑夜
加班加班总是加班
埋头或是寡言更是少语

6

中国速度　中国智造
公路　高速公路
高铁　轻轨城轨
航母　航天飞机
满世界春风满面

7

资本抑或社会主义
封闭抑或开放
为人民服务
中国特色无以复加
中国梦想　永远初心

8

人人为我　我为人人
三十年风水轮流
中国的月亮中国圆
西风消退　东风劲吹
发展　才是不变的真理

9

伸伸腰　半个世纪不长
回回头　自信世界领跑
金山银山　绿水青山
圆梦的"新时代"
还看今朝　砥砺前行

火 种

一缕光华，环绕中华民族的精神家园
一处水源，涌动民族灵魂的黄河长江
一种烈焰，温暖时光河流的绵远流长
一声洪钟，叩响浑厚清音的精神脊梁

严于修身严于用权严于律己
谋事要实创业要实做人要实
"三严三实"的焦裕禄精神
似光华似水源似烈焰似洪钟……

斗灰蒙蒙的风沙"祛风散火"
治白茫茫的盐碱"刮骨疗毒"
排片片沙窝的内涝 "灵丹妙药"
焦裕禄战胜兰考的风沙盐碱内涝……

照镜子正衣冠洗洗澡治治病
焦裕禄精神我们时代的镜子
从里到外从上到下
我们都应该反复照一照自己

跨越时空跨越五湖四海
焦裕禄精神历久弥新
过去、现在、将来……
我们永远坚守的精神火种

丰 碑

是您走在世界前面
让中国了解世界　让世界了解中国
是您走在中国前面
巨镰收割丰收　商贾云集神州

是您走在人民前面
情为民所系　利为民所谋
是您走在时代前面
巨轮巡航五洋　飞船遨游太空

这就是共产党人
这就是走在时代前面的人

有了您　军队就有了坚强后盾
有了您　祖国就有了万众一心
有了您　山河就有了日新月异
有了您　大地就有了五谷丰登

有了您　人民就有了学习楷模
有了您　民族就有了脊梁精英
有了您　历史就有了光辉篇章
有了您　时代就有了希望与光明

人为您而聚　歌为您而唱
因为有您才有了中国特色的社会主义精神高地

三岁记事　家乡楚地
我不知什么屈子
唯一记取　农历五月初五小端午
五月十五大端阳　"大节"相连

女婿抱鸡　儿子提鸭

走亲戚　串门子　家家包粽子
向小溪向大河里掷
"见证"处处雨　江江水涨

家与家　村与村
男子喝酒　妇女家常
人人新衣　赛龙船　看龙舟
忙忙碌碌只为一人

工作后　家乡成故乡
端阳的记忆却是绵延流长
思念　依赖深刻
生命的尾纹无言

一人一地　一情一忧
哲人志士　家国情怀
端阳　一个民心凝聚的家园
一个爱国的精神高地

中国人的"精气神"

一滴水
汇入茫茫大海
微微渺渺
却是海的组成

一个人
融入纷繁社会
或大或小
能量也推动历史的车轮

富强　民主　文明　和谐
自由　平等　公正　法治
爱国　敬业　诚信　友善
24字　您提振中国人的
"精气神"

"改革开放"创造了经济奇迹
开放的"国门"
也曾充斥西方的邪恶
也曾浑浊中华上空的微尘

正义战胜邪恶
光明暖于黑暗
中国　这头睡醒来的狮子
从浑噩的"丛林"中拾回信仰
核心价值观有如春天的阳光
凝聚国人走向世界的正能量
成长亿万国人同频共振的力量
成就五千年中华文明新的辉煌

中国梦，我把日子过成诗

在深深地积累沉淀之后
优雅的文字找到一处源泉
这个源，就是国学文艺
这个泉，把日子过成诗

魅力的诗兴打开了所有感官
以最完美的陶渊明式呈现
城市，田园
而在敲开梦乡的"价值观公园"

春风涂抹满境的画屏
阳光铺展在"忠石"的视野
诗歌在雁阵里成行
字里行间托起灵感的信心

"真亭"度量着四季的日子
咸咸的阳光，咸咸的风
咸咸的心海真诚的透析
美好停下，泪痕却不带走

小鸟藏在"不廊"的藤丛
身穿红衣头戴红帽的青年
嬉戏着手拿扫帚的美丽女子
妆成一幅插图

"愉园"拂去湿湿的绿叶
与彩霞与星辰相认为邻居
太阳月亮白云蓝天
青草花朵诗兴助阵

清脆的鸟语消除疲惫

运动场呼吸着绿树的清爽
鸡犬相间，鸟雀相跃
相伴着晨跑太极

寒蝉退去，春意浓浓
一个有善有义的地方
一个最美最诗的家园
寄托着觉醒的中国梦

亮剑风云诗辑

　　亮剑风云,系新疆公安文联(作家协会)会员,新疆额敏县作协副主席,就职于公安战线,立足生活,长期以来致力于诗歌创作。著有诗集《方城纵歌》。

忠　诚
——以警察的名义向祖国敬礼

我是你手中,
寒光凌厉的利剑,
擎起公平正义,
劈碎黑暗邪恶!

我是你额头,
熠熠生辉的双眸,
洞穿波云诡谲,
寻觅世间光明!

我是你,
攥紧的拳头,
我是你,
怒吼的子弹,
在你需要的任何时候,
我都是你,
冲锋陷阵的尖刀!

你用苦难,
教会我坚强;
你用血泪,
告诉我忠贞;
你用信仰,
点燃我斗志!

今天是你的生日,

我的祖国，
我以胡杨的执着，
静静肃立，
我凭红柳的坚韧，
默默注视，
缓缓举起，
天山青松的坚定，
向着那面，
夺目的鲜艳的红旗，
郑重敬礼——
祖国万岁……

荒 原

眼前的,
这一片博大,
就要撑破眼底,
一种颜色的诉说,
从远古走到了现在,
扑面而来的,
写满沧桑的味道。
我不知道,
你到底来自哪里,
但我真切地感受到,
你古井不波的眼眸里,
填满了飞沙走石,
看惯了风霜雨雪,
燃尽了热血澎湃,
流逝的时光,
磨去你的棱角,
割去你的锋芒,
沉淀出,
你这绝世的孤独。
你注定是一个传奇,
胸中藏着多少的故事,
悲欢离合,
生死与共,
都在你的呼吸里!
你在历史的尘烟里,
踽踽独行,
身后是一片,
永不言说的落寞,
正如此刻,
就在我的眼里翻腾……

时光如沙

时光是一条，
单行道，
踩踩脚下，
那么真实，
一步一步走，
总会在，
清浅的岁月里，
留下一抹，刻在心底的印迹，
捧一掬，
时光的沙，
指间里，
飞逝的点点，
划过眼帘，像一颗颗流星，
带去多少，
美好的期盼！
既然已经，
伤害了昨天，
就不要，
再辜负明天，
踩一踩脚，
路，
就在脚下……

芳华 2017

一脚踩在，
二〇一七的，
刹车上，
抓不回那，
喜怒哀乐的，
一瞬间 ，
绝版的封面，
定格在，
回不来的时空里，
恰在那一秒前，
迈出，
永不后悔的步伐，
睁开眼，
充斥着光芒，
照耀心底，
每一个角落，
风雨无阻的信念，
呐喊在，
日出日落的，
每一声叹息里，
更替的四季，
不断褪去容装，
不变的眼眸，
凝望未来，
那一轮火热，
一直在，
前方……

握一纸素香，凝眸远方

翻滚的暑浪，
一波波，
想要炙尽，
人世间每一滴水，
藏匿在那
斑驳树影里的蝉，
也被淹没在
闷热的漩涡里，
无法自拔！
丢失的往日欢歌，
变成声嘶力竭的哀鸣，
撕裂耳膜的清净
点燃心底那团焦躁，
灼烧着
每一寸感知，
挥汗如雨的行进，
却找不到，
去往的方向！
遥望远方，
那一脉，
皑皑之巅，
盛满的清凉，
在刺眼的亮里，
折射出七彩，
氤氲眼底，
悠然而来的，
一丝丝凉爽，
如此惬意！
升腾在，
湛蓝里的灵魂，
自由飞翔，

恍若置身在
银装素裹的世界里，
纵情高歌……
抑或飞渡到，
涧水长流的青山，
在葱茏里浅酌，
烟雨蒙蒙的水乡，
西风烈烈的大漠，
都在抚慰
字里行间跌宕……
轻轻滴落的
不仅仅是
盛夏的汗水，
更是心底，
那一抹，
永不褪去的清凉！
握一纸素香，
清淡如菊，
凝眸远方，
酷暑不在……

长　城

伫立在风里的，
是一段石砌的墙；
落入眼底的，
是经久的沧桑和落寞，
任岁月蹉跎，
斑驳刀光剑影，
起伏王朝兴衰。
一段墙的历史，
竟如此厚重！
在恒久时空里逶迤的，
是刻骨的忠诚，
是泣血的担当，
是我以我血荐轩辕的不悔，
是一夫当关万夫莫开的豪情，
依然都从你的身躯里迸发，
冰冷容颜下的热血，
那样澎湃！
你不仅仅是一段墙，
你承载着国家的荣光，
你传承着民族的骄傲。
你不仅仅是一段墙，
你从秦皇汉武的烽烟中走来，
在五代十国的战乱里成长，
从铁木真的金戈铁马，
到民国的风雨飘摇，
颠沛流离，阅尽苦难，
尽管前路荆棘遍布，
哪怕征途电闪雷鸣，
依然雄关漫道，
岁月如歌，
你何尝是一段墙？

你是坚定的信念，
是自强的灵魂，
更是中华民族不屈的脊梁！
你是一段墙，
可你超越了这段墙
你是一段墙，
可你在中华儿女的心里，
种下了伟大复兴的种子
你是一段墙，
你的名字很响亮，
你叫：长城……

守望天山
——致敬修筑独库公路的烈士

蜿蜒在云的深处,
眼的尽头,
像刺刀插进天的胸膛,
一路逶迤,
在四季中穿行!
越过皑皑达坂,
徜徉在百里画廊,
绝世的容颜,
也掩不住,
你骨子里的骄傲,
落寞的空旷,
沉寂的沧桑,
都述说着,
你铁血的传奇!
那些,
如精卫般的英灵,
浸入你的血脉,
融入你的灵魂,
镌刻起不朽的丰碑!
这一条,
生命之路啊,
无声的蜿蜒向前,
从不停滞,
那要去向遥远天际的,
还有这执着的守望!

春 虹

这一弯炫彩,
点燃眼底的深情,
生动着,
浮云的眉眼,
云卷云舒间,
已然如画!
泼墨的豪情,
描摹天地雄浑,
春雷滚动,
汹涌一腔热烈,
隔空相望的,
一声长叹,
弥漫在,
七彩的迷离中,
那一帘,
剪不断的幽梦,
纷纷洒洒,
滴落一地惆怅!
若有若无地,
叩响那一扇心门,
只为这一刻,
盎然盛开的希冀……

五月之雪

从什么时候起，
你的情怀，
竟开始如此善变，
一念花开绚烂，
一忖雪落满眸，
就在那声轻叹里，
冰火两重天！
一捧捧，
奔放的清凉，
轻抚初夏的脸庞，
姹紫嫣红的烂漫里，
那一丝丝纯洁，
正迎风盛开！
躲开时令的束缚，
攒出激情一片，
一晃而过的昙花，
注定绝世，
侧目，
花非花，
花落花开，
已然在心间……

严建章诗辑

严建章，笔名海陆、粗鲁热心肠。河北省石家庄市行唐县人，退役军人，河北省观赏石协会理事。喜爱绘画、诗词。作品散见于各类刊物和网络媒体。

泡桐花

泡桐花　吹喇叭
清香素雅挂枝头
引来凤凰
住我家……
一群孩子
指着我　浑身的花朵
唱着我　祖辈都
听过的歌谣

祖辈们世世代代
沐浴在乡间原野
张扬而自由
鸟儿　在上面
筑巢　欢呼
粗实的农人　在下面
歇息　拉家常
它们也有最终归宿
锅灶旁　风箱里
随风诉说曾经的日子
琴声里　回荡出它们对生命的留恋

再回不到　它们那样的生活了
站在城市街边
每一天　数着
倦容满面
穿行在尘烟中
匆匆又精致的人
我还能做什么呢

只有留传下来
用生命的色彩
化成的清香

洒向这人间吧
浸透这街巷
因为　我是
人间的泡桐花

风从海南来

军港的夜啊
静悄悄……

我从北方来
曾在南国的
海风里
听　这温柔的旋律
履行　军人的职责
守护和平与平安
我们　巡视南沙和西沙
逐浪天涯和海角

十几年　风云变幻
世界格局在演变
忍让　维持
并没有带来和平和宁静
换来的只是
更嚣张的挑衅

军人　是伟大母亲的盾牌
他们是中华
民族的脊梁
没有军人　一切
都是浮云
更别说喝着茶水
说着连自己都
不相信的话
还故作高深
这样的奢侈
将永不出现

军人　只流血
不流泪
军人　不再需要温柔
扬我军威
振我国防
和平　从演习开始
南部战区
北部战区
这　钢铁的名称
这　浓浓的硝烟味
是我们和平的保障

风从海南来
我知道　伟大母亲
你的疼

结 局

一条大河
隐藏在连天的芦苇中
生长几百年的
垂柳刺槐钻天杨
枯了　还能发出新芽
树下积满鸟粪
滋养野草　爬虫

野鸭翠鸟鸦雀
成群结队唱歌
鱼虾　在水草里打闹
鸣虫　总是寻找配偶
姿势奇特
风　青梢味　也有泥腥味的
水　晃动白云　里面有冲刺的鱼
这是它们过去的样子
身旁的老人说
那时候　一捧水
都有生命窜动

望着一览无余
干涸龟裂的河床
我愕然
生命去哪了

我站在结局上
思索结局
人类　能否承载
这　生命之重

选择低头

高山
承雪
化江源
一路欢歌
送春痕
戍边
铁血汉
躬亲泪也奔

昂头
是表，只为展现
低头
是本，只为原色

山，选择低头
去润泽，这个世界
我，选择低头
去适应，这个世界

诗 意

世间最美的酒
是后主的那杯
牵机酒
一杯断千愁
了却家国恨

春花秋月何时了
往事知多少
他把悲伤化成诗意
我将那一杯
同他，一起
融进诗意

诗意
只是我的世界
与你无关

一枚硬币

风吹雨淋
遗落尘泥
总是不经意间
让你一眼看到它

每次看到
默默捡起
瞬息万变的时代
人们更多关注远方
甚至无暇，弯腰
让它重新拥有价值

带着女儿
寻找那位盲者
让她代表失者做公益
这样，失者不再失去
盲人获得捐助
女儿拥有爱心的快乐
我得到心里一丝丝甜
和一双感激的眼

我与麦子站在一起

小满方去
麦田擎动锋芒
硕果,呼之欲出

父的光环
笼罩冀中大地
篇篇希冀飞进千家万户
口口相传已化农谚
青春和汗水凝结灵魂
呵护,金色希望

岁月无痕
青丝悄然成白发
垅上深深足迹
仍留候过往云烟

蝉鸣与麦收
交织天地人伦
我与麦子站在一起
见证,守护者的忠诚
我与麦子站在一起
见证,守望者的荣誉

姚林章诗辑

　　姚林章，男，1955年10月生，上海奉贤人，大学文化，曾任奉贤区委组织部副部长、卫生局党委书记、经济委员会和海湾旅游区党工委书记等职，1995年5月作为上海市首批援藏干部，时任日喀则地区拉孜县常务副县长、县委常务副书记。

今夜我不说西藏

今夜我不说西藏
年过已久
岁月沧桑
只记得
芒普沟的雪啊
风沙窜进了我的衣裳
也飘逸在我的心脏

今夜我的朋友
似乎也存半点念想
半边套着近乎
半边受了我的影响
都无妨

笑我痴
笑我狂
瞒不过你的慧眼
异彩奇光
灵魂幻想

三生的情缘
四世的离殇
曾记得
有人说
别了未庄……

173

我和那里好有缘

我和那里好有缘
远隔万水千山
曾经的相拥
是那么的短暂
时光穿越
年代久远
记忆已模糊
若隐也若现
却为何
时常在睡梦里出现
恍如昨天
就像在眼前
翻越四千五百米的措拉山
需要转过七十二道弯
曲下的林卡里
扎西卓玛们
尽情地唱歌跳舞
没完没了地
喝酒聊天
孜龙村的藏刀
挂在小伙扎了英雄结的腰间
锡钦乡的温泉房顶上
疗伤治愈后的拐杖
排了一长串
拉孜新城的柏油马路
延伸得有些远
小溪归大江
雪山连雪山
扎西宗的喇嘛们
重新穿起了袈裟
口中念念有词
经筒不停地转……

那年那月那一天

那一年，一个响亮的名字
孔繁森，激动了
多少中华民族的好儿郎
四十九条黄浦江畔的热血好汉
告别了亲朋好友、兄妹爹娘
别离了故土家园
来到了海拔四千多米的雪域高原

心系浦江，争做上海人民的优秀儿子
功建高原，要当西藏同胞的忠实公仆

铮铮立誓言
修马路、办学堂、保边疆、谋发展
与远方的亲人同甘苦共患难
生死拼搏一千天

那一月，后藏日喀则
遭受了百年一遇的雪灾
亚东、定日、吉隆和聂拉木县
强壮的牦牛绵羊倒下了一大片
饥寒交迫的牧民和忠实的牧羊犬
盼望着金珠玛米①亲人出现
也带给新来的藏胞严峻的考验
穿起大棉袄，戴好雪绒帽
一步一步向前铲
藏汉兄弟接连几天几夜不合眼
硬生生铲出了一条民族团结的生命线

那一天，在溪卡孜②
土地肥沃的庄园
上演了一场生离死别的动人场面
四面八方的人们

黑压压一大片
数不清的哈达
喝不完的青稞酒
切玛③洒向天边
热泪相拥　不知道围绕着多少圈……

注解：①金珠玛米：解放军。
　　　②溪卡孜：藏语，即日喀则。
　　　③切玛：西藏的吉祥物。

第五辑 当代劲锐诗人之作

童业斌诗辑

童业斌，微信昵称"好个秋"，湖南平江人，作品散见各类刊物和网络平台，曾两次在全国诗赛中获奖。

喷爱的火山

我是农村的
我感觉你对我忽冷忽暖
我成绩再好
仍觉得你依然忽近忽远

我们虽然同桌
可桌中有道"三八线"
那年代　农村与城镇
隔着一道难以逾越的栏栅

可你的气息
令我全身的血不安分地躁动
你水灵灵的目光
像星星　在我梦里夜夜扑闪

多少次　我好想好想
握你按我文具盒的小手，
你鼓励的眼神热热辣辣
可我卑微　没那个胆

"老三届"毕业了
我满怀不舍　步履蹒跚
在家门外
却听到你银铃般的声音在与母亲攀谈
我的爱冲出卑微的心

紧紧地抱住你　令你急喘
从 1967 抱到 2018
依然是两座喷爱的火山。

梯 田

是谁把一朵朵浪花
洒上山冈
从山顶波及山脚
由窄渐宽
由短到长
级级延伸
层层跌宕

浪花里
春装嫩绿
夏盛青葱
秋铺金黄
冬天里扯下白云
把斑斓盖上

可有人说
这明明是半边玫瑰
每一片花瓣
都散发汗水和泥土的清香

还有人比喻
是从山头撒下的网
网起过刀耕火种
网起过牛犁人喝
如今网起的
是现代机械的声声欢唱

更有那咔嚓咔嚓的声响
把美景传向七洲四洋
这美艳绝伦的世界自然遗产
在大山的皱折里珍藏

慕名而来，黑皮肤的小伙
蓝眼睛的姑娘
同声惊呼，一齐点赞：
可爱的山乡
人间的天堂

扁 担

砍一根当阳临风的树
削一块与双手平伸等长的椭圆木板
钉两个可靠的扎
就成了挑山担海的扁担

扁担
使人出于猿而胜于猿
扁担
担着五千年的文明走向地覆天翻

可在长夜难明的岁月里
穷人把丰收挑进富人的场院
担回家的
是历不尽的苦难

一头挑老
一头系少
为了沉重的繁衍生息
曾把多少男人的脊梁压弯

如今，扁担在农耕博物馆里展览
收集着年轻人的惊诧和点赞
然而敢于担当的精神
却扎根于炎黄子孙的心坎　永远承传

妈妈的吻

妈妈的吻
温暖的泉源
从被吻的地方
丝丝缕缕传入心瓣

当雷鸣电闪的时候
妈妈拥我入怀　耳边细语潺潺
"雷公呀　只打坏人　不打好人
长大了做个好人　一生平安"
委屈时
妈妈把我的泪吻干
"男人的眼泪　一滴一坨金
吞苦露笑才是好汉"

当盖棺送妈妈走的时候
心撕裂　手猛拦
再让我还妈妈一个吻吧
从此娘在墓里眠　我在墓外喊

边振兴诗辑

边振兴，笔名田园诗人，出生于1958年，自幼酷爱文学，年轻时在部队时开始发表诗歌，迄今已在各种刊物和诗歌网站上发表200多首诗作。

大山诗人

莫非是
被这古朴的雄姿所吸引
使你对大山这般痴情和迷恋
莫非是
被这宏伟的气质所折服
使你这般久久地凝视和忘情
大山在呼唤
诗人不加思索迈步走向峡谷
走向云雾茫茫的大山
去追寻古老山神的踪迹
去寻找多年失落的梦境
圆一个永远不冷却的心愿
再现当年梦中仙女的倩影

一阵山风飘来
云朵和鸟儿从头项掠过
此时此刻
你多么渴望和它亲近对话
抒发你诗人荡气回肠的赤热之情
登上山的顶峰
大声地叩问
回声阵阵震荡着山谷
你只有一个信念
要用鲜红的血液
去点燃一面旗帜
要用火的心跳
去叩开通往天国的仙境大门

用雄浑的龙卷风告诉仙人们
来了一个地球的诗人
姓炎黄还有着黄河的刚烈和西子的柔情
中华历史风云洗亮了你的眼睛
洞察着民族的衰亡和辉煌历史

终于懂得了
你苦苦迷恋的内涵
也懂得了
你对大山火一般的感情
因为在你的眼睛里你的足迹中
发现了一个民族崛起的时代
当你的思维和灵感
从一座座大山峡谷中跳跃的时候
用生命的最强音
唤醒了整个世界
把祖国的山山水水美丽的景色
写进你绿色的诗行
在黎明和曙光升腾的时刻诵颂
让荒芜的大山中长出参天大树花草
让苍茫的大地呈献出美丽的仙境
让蓝色的天空迸发出
更加灿烂的彩虹

黄昏,大山深处走来了男子汉

当西山再也托不住
那轮浑圆火神的时候
整个世界泛滥起橘红色的波澜
山里的汉子们
肩并肩扛着开山的掘头
哼着当今最时髦的流行情歌
从大山深处走来
赤着移动山脉的臂膀
如同一群剽悍的山神
热烈的夕阳映照着他们古铜色的胸膛
带着大山般的坚毅朝世界走来
带着豪放的奔放激情走来
走来——
走来了这群黄皮肤的男子汉

多少次斗转星移
多少次风云变幻
没有被锁链束住坚定的脚步
没有改变祖先龙之信仰
在他们焦灼的瞳仁里
一切变得无所畏惧
他们才是改变这个世界的主人
天空中——
只有赤裸裸的太阳和云朵
空气中——
只有甜甜的蜜和浓烈的酒

山里的夜来临了
山腰上一片星光灿灿
月光下山村里飞出了女人的笑声
当汉子们自家小院
飘来让人心醉酒菜的香甜

他们打着饱嗝眯着醉眼
一头扑在自己丰满女人身上进入了梦乡
这时整个大山峡谷一片朦胧

太 阳
——给一位已故老人

太阳
像一位浓妆艳抹的老妇人
慢吞吞地走了
胭脂纷纷扬扬地飘落在无边际的田野上
被苍苍茫茫的夜幕吞没了
呵
这一次次沉重的飘落
这一回回的沉沦与辉煌
夜降临了
星星和月亮它们从天空中跳了出来
凑到一起悄悄地谈论着太阳的风流韵事
哦
忘记了……
它们的眼睛也是太阳洗亮的
夜深了
大地却抱着太阳的情爱睡去
夜很深，很静

李黎茗诗辑

　　李黎茗（杏红），江西武宁人，1999年移居中国台湾台北，从小就喜欢流连在文字描述的世界里，喜欢用文字与自己对话，并在文字中寻求安宁。2017年初由台湾白象文化传媒出版诗集《琉璃道香》，同年7月在网络平台《头条》发表散文《走散的青春》《我的外公·打铁教父》。2017年8月于《百花驿站》举办的第二届同题诗"秋"赛中，其作品《秋夜·离愁》获得"深情意境"奖。同年10月参加百花驿站"醴丰杯"以《仲秋·吟月》获得最佳人气奖。

手作狂想曲

岁月恬静的聆听下
一筐圆润的蒜籽
向心团结的环绕主将而坐
洁白的纱裙下
藏匿着丰腴性感
欲热指数爆表在瞬间

呼吸促喘
绅士玉指在筐盘中
犹猛兽饥渴
粗犷的扒去遮羞棉纱

而蒜白欲火
由里到外
已燃尽在分离的柱上
静静地
直到
直到一丝不挂地
任由着揶揄

揶揄在归尘的酱醋里
我愿奉献体肤
你祈洗净铅华
梦醒后
是不是继续讨好每位恩客
等待另一段恋情

猜疑背后的三角恋

困在骨髓深处的因子呀
时光没把你磨成圆滑的轴
到底是谁的错

碎纹爬上你的眼
在狐疑中
勾勒出一抹掩饰的笑
笑中的喻义在自恋中
妄想定论

稚气扬上你的脸
在繁忙中
挥舞出一勺坦诚的真
真中的辩驳在自信中
狂怒开腔

我知，我知只有我知
舌莲打结在火药间
那燎原的火种
那反扑的火焰
请不要蔓延
不要

高龙兴诗辑

　　高龙兴，男，高中毕业，自学大专文化，热爱农村生活，喜爱文学、历史和哲学，创作了不少优秀的散文和诗歌，还创作了一些剧本和童谣，作品多次在全国诗歌和散文大赛中获奖。

抒写盛世华章

喜看十九大胜利召开
百姓喜
实现中华民族伟大复兴
百姓盼
强国　和平　独立
发展　创新
我们矢志不移的奋斗目标

欣闻十九大胜利闭幕
百姓喜
实现中华民族伟大复兴
百姓盼
强国　和平　独立
发展　创新
我们矢志不移的奋斗目标

十九大胜利闭幕了
百姓喜
实现中华民族伟大复兴
百姓盼
祖国繁荣昌盛
百姓安居乐业
这是我们永远的发展主题
喜逢盛世　我要用

我那支可以唤醒春风的笔
抒写盛世华章

雪

飘雪了,姑娘走出书房,
去捧洁白的雪花,雪花慢慢地
飘落在姑娘洁白的手心里,化成了
一滴滴晶莹的水珠,
"哥,你的营房飘雪了吗?"

飘雪了,战士手握钢枪,
站着岗,静看远方。
洁白的雪花飘飘洒洒,飘落在
战士坚毅的脸上,化成了
一滴滴晶莹的水珠。眉毛上
两颗晶莹的水珠闪着美丽的光华,
"小妹,家乡飘雪了吗?"

林力博诗辑

　　林力博，男，1972年1月出生，湖南省洞口县人，笔名雪峰歌者，邵阳市作家协会会员，业余时间爱好诗歌、歌词写作，先后在《潇湘晨报》《当代商报》《今日女报》《邵阳晚报》《风采》《韶风》《中国廉政瞭望》等发表诗歌，歌曲《致兄弟》获2016年度邵阳市精神文明建设"五个一"工程奖。

中秋，陪母亲去看海

母亲从未见过海
母亲也未坐过高铁
这是母亲的心愿
我把去看海的行程
在电话里告诉她
母亲那高兴劲儿
去哪看呀
有什么看的
又得花好多钱
这是母亲的性格
她内心深处无比兴奋

我也一直向往着大海
和母亲的向往有许多
相同和不同之处
大海的深邃
就是母亲那沉甸甸的爱
大海的宽广
正是母亲那慈祥的心
我还向往大海的味道
可以自由自在地
也可以漫无目的地

像一片秋风吹落的
微黄微黄的枫叶
伴着海浪
或低低吟唱
或放开喉咙
向大海朗诵如涛诗行

母亲坐在沙滩上
那沙显着亮光的白
又细软如纱
就像一床被子
母亲是被被子拥抱着的
一尊佛
她的笑容里充满了慈悲
和希望的光芒
时而母亲轻轻抚摸一下
沙滩
想把这床被褥整理

母亲坐在快艇上
和海更近
更亲密地亲近
海的深蓝和母亲紧紧地
融为一体
母亲脸上洋溢出来的
是满满的快乐
快艇的速度
像要把这片海撕开
一条白色的长链划过海的身后
海依然这么沉稳
也这么兴奋
把她的热情全部奉上

太阳也把她的全部热情奉上
以最光亮的色彩
照在海面上
照在母亲脸上
一片亮光
海已热闹得疯了
我和母亲

踩着炽热的沙滩
向海和海的热情
轻轻地挥手告别
些许遗憾
些许轻松
抑或
带着些许感怀
与海和海的热情
告别
其实海就在我身边
就在我心里
那就是母亲

咏黄桥

你
着一袭轻纱
带一身灵气
从建兴文抄中
从唐诗宋词中
走来
梦一般的美丽
诗一般的意境
把
双龙洞的故事
三狮抢宝的传说
九峰岭上的神话
龙潭夜雨的缠绵
写成一本书
呈现给
现代生活的一幅
画卷

你
让我
不能不
深爱你
我在你的
怀抱里
度过了二千多个日夜
文学蕴藏着你的
深沉
书法挥写着你的
雄浑
美术描绘着你的
靓丽

摄影记载着你的
倩影

你
一座城的博大
把
五湖四海的游子
牵挂
把
黄桥十万儿女
哺育
把艺术的殿堂
高高地擎起在雪峰之巅
你
让我们
深深地爱着你
你是雪峰山下的
明珠
你是赧水河上的
瑰宝
我们
深深地爱着你
——黄桥

黄芯莹诗辑

　　黄芯莹，2006年10月14日出生，徐闻人，徐闻县春蕾小学文学社社员。从小酷爱写作，其中作品《我的家乡徐闻》《南极村，我来了》《温情的拥抱》等曾发表于徐闻教育网上。《听，微风拂过的声音》《读〈妈妈在，家就在〉》获徐闻县青少年"孝行美德"征文比赛一等奖。

梦中的他

夜幕悄然降临
夜空中　点点繁星
伴着一缕清风
把我吹进了梦乡……

在梦中
有一个身影
模糊不清
我想看却看不清
当我再想去看时
梦却醒了

在梦中
有一个身影
离我好遥远　好遥远
远到我无法触摸到
我想伸手时
梦又醒了

终于有一天
我看清了
您却匆匆离去
刹那间

泪水模糊了我的双眼

外公
为何您要走
为何不再等一等　等一等……
您书桌上的字迹还没干
您每年给乡亲们写的春联都没换
您怎舍得
丢下书架上的书
您怎舍得
丢下书桌上的纸和笔
您怎舍得
丢下朝暮相伴的外婆
您怎舍得
丢下您心爱的儿女
您怎舍得
丢下跟您学写作　学毛笔字　学画画的孙子
……

原来梦中的那个人是您——
我最敬爱的外公
虽您已离去
我却挽留不了您
外公
您虽离我们而去
但永远活在我们心中
但愿您在天国过得好

夜空中，点点繁星
依然在闪烁……

听，微风拂过的声音
—— 读《妈妈在，家就在》有感

她，小小的年纪
应该沉醉在父母宠爱的世界里
但因为父亲的患病去世
母亲的身患重病
快乐无忧的阳光涂上了
厚厚的乌云

她，小小的肩膀
却扛起了一个家
坚强的心，从来没有放弃
铿锵有力的誓言
又从心底默默响起——
再苦也要让妈妈站起来

她的孝心如同三月的春风
轻轻地吹过了每一个人的心田
暖暖地感动着每一个人的心田
她对妈妈的爱
是人世间最温馨的微风
在人们的心里种下了爱的种子
清爽的春风吹来了
如同她善良、坚强的心那般
你，感受到了吗
听，那股微风拂过的声音
是那么的轻盈，那么的撩人……

家一直都在

小时候
我们常常在故乡的土地上
仰望天空
想象着未来的自己
是怎样的
想象着外面的世界
又是怎样的
好奇而充满期待

长大后
我们常常在异乡的土地上
仰望着天空
想着故乡的味道
是否还一样
想着故乡的亲人
是否还是那样
怀念而甜蜜无比

妈妈做的饭菜
地地道道的正宗小吃
爷爷奶奶教的民谣
小伙伴们嬉戏
是一种乡情
无可替代
总有一天
我们会怀念起故乡
那别具一格的乡情

而只要想回家
家　一直都在……

卧白诗辑

郭强国，笔名卧白，男，生于1961年9月15日。河南南阳卧龙人，现居郑州。河南省诗歌创作研究会会员。

有梦所寄

夜空银砌
窗棂独依
吴潇声远
只闻车笛
瑶台相思千里
少年懵懂宛记
窗外月高星稀
窗里静影沉璧梦何依

岁月迢递
流星的轨迹
夜语缠绵如絮
斟酌数行诗
梦有所寄
字字不虚
姮娥的圣洁
星点的安谧
灵魂的默契
情遽的期许
诗痴芬芳甘如饴
心走月西
怎能自已

八角楼上的油灯亮了

红旗到底还能打多久
八角楼上的油灯亮了
星星之火　燎原恢宏
做出了最完美的诠释
天地尊崇

春风十里
云舒云轻
根基在党　中国的兴旺发达
实干兴邦　民族的全面振兴
中国梦　民族梦　老百姓的个人梦
已经觉醒
自尊自励　自敬自省
部长通道
亮点"干货"
句句坦诚

一条通道
"零距离"
宪法新修订
章程新修正
和春风
顺民声
经济新目标
机构新改革
渠道新沟通

"两会"新面孔
政坛新阵容
多办利民实事
兜牢底线民生
民有所呼

政有所应

精准扶贫
送一腔真诚
大道玉简　乡村战略大布局
新农村　新风尚
桃李新风景

改革鼓点争鸣
开放姹紫嫣红
跑出中国速度
"一带一路"　互利互惠
传奇的旅程
输出中国品牌
四海借东风

厚积薄发
步履轻盈
五千年的中华文明
百年的民族复兴之梦
千枝吐翠
春意融融
莺歌燕舞
涅槃峥嵘

八角楼上的油灯
伟人的初衷
镰刀斧头高擎
万里鹏程
云水天长
"两会"接力
中华民族只要有
中国共产党的带领
将　永远屹立于世界强国之林
伟岸如松

卡尔汉诗辑

卡尔汉，笔名波郑，男，哈萨克族，现为甘肃省阿克塞哈萨克自治县小学教师。

爱

爱是病中的一杯茶
爱是冷时的一件外套
爱是累时的一个拥抱
爱是无助时的一个依靠
没有一辈子的浪漫
只有一辈子的温暖
没有一辈子的缠绵
只有一辈子的陪伴
别说爱情太简单
平淡相守才是暖
别说幸福太遥远
只要有心才会体会到存在
爱　就是让一个人
住进另一个人的心里

若你懂

一

若　你懂
请别忘记　曾经的相约
在幽静的夜晚　许我一袭温柔
为你掬一捧月色　满树相思绽开
芬芳着人间的寂寞
若　你懂
为了红尘中一眼回眸
以此令我牵挂　难以忘却
若你懂　又怎会
让缘分轻易擦肩而过
你来或者不来　等你的总是我
不管花开花谢
若　你懂
请允许我　独上兰舟不远千里
将满纸相思　编成一支久违的箫曲
在你面前那一刻
心如梦中莲花　绽放心中的美
若　你懂
经历痛苦　才会懂得情之深重
风风雨雨
让人懂得珍惜　幸福来之不易
若你懂　也许是一种无言的默契
你见或者不见
我都在走向你　迈着轻盈步履
若　你懂
未来的路上　就让
曾经走过　或许无言相对
若你懂　我经历的忧伤
温暖着心灵每一个角落

我凝聚沧海之间
为你唱一首岁月的歌
若你懂
不曾忘了一缕情缘等到心痛
一份情缘一生铭刻　是谁在守候
那些错过的岁月……
问或者不问　都不再是解释
深情的日子　总在春秋花月之时

二

忍住了看你　却忍不住想你
格桑花开了　开在对岸
看上去很美　看得见却够不着
够不着也是一种美
雪莲花开了　开在冰山巅
我看不见　却能想起来
想起来也是一样的美
看上去很美　不如想起来很美
你不在时美　哪比得上你在时的美
相遇很美　离别也一样美
彼此梦见代价更加昂贵
我送你一串看不见的脚印
你还我两行摸不着的眼泪
想得通就能想得美
想得开才知道花真的开了
忘掉了你带走的阴影
却忘不掉你带来的光辉
花啊　想开就开
想不开　难道不开了吗
你明明不想开　可还是开了
因为不开比开还安累
忍住看你　却忍不住想你
想你比看你还陶醉
哪来一阵暗香
不容拒绝地弥漫着芳香

郭文波诗辑

郭文波，曾在部队长期从事宣传、编导、主持工作，参与编导、主持的大型文艺演出《高炮兵之歌》，荣获全军第四届战士文艺奖一等奖；多次参加省、市比赛并获奖。主要作品有微电影《梦回西周》、舞台剧《大爱永恒》、诗朗诵《山楂树》《桃花渡》《遥望宋朝》《那天晚上》等。

午后的秋风

午后的秋风
挥动着任性的画笔
将绿色的树叶
染成黄色 橙色和红色
就像我儿时的梦乡
五彩缤纷掩盖了
内心的忧郁和迷茫

午后的秋风
从未停止过遐想
曾经的过往和熟悉的面孔
都已飘向远方
即使云朵仍旧牵挂着翅膀
我也依然告别了流浪
把不再年轻的心房
和有些疲惫的双脚
扎在故乡的泥土之中
回味着我们的邂逅
感慨着温暖的相拥

草儿绿了
我在念你的名字
花儿开了
我在想你的笑脸
叶子黄了

我在盼你的归期
夕阳下了
我在等你的消息
月儿圆了
我在听你的细语
两鬓白了
我还能捕捉到你独有的芬芳
我仍在寻觅你眼中的欢喜
在秋风里
在睡梦里
在我们渐渐老去的背影里

绽放的春天

追逐着鸟鸣
沐浴着阳光
抛开一切烦恼
我俩漫步在渭水河畔
寻找着儿时的欢悦
年少时的心动
幸福和满足洋溢在脸上

梦经过的地方
绿草茵茵
风醉过的地方
花也娇艳
我驻足的石阶上
弥漫着你的气息
你回眸的碧池旁
花朵便格外芬芳
我俩曾经相约的竹林
近在咫尺
春光为它披上了梦的霓裳
我们彼此倾诉的幽径
若隐若现
不时传来姹紫嫣红的浅吟低唱

你寻声而去俯身花间
此情此景心驰神往
你的妩媚与花儿的优雅在此重叠
绽放着春天的诗情画意
你的眼波与花蕊的渴望不谋而合
唤醒了四月的无限遐想
一个在我的眼里
挥之不去
一个在我的心底
温暖如初

马喜军诗辑

马喜军，出版纪实文学《审判纪实》《变态人生》及诗集《心灵里流出的小溪》等11部书。系中国民间艺术家协会会员，黑龙江省民间艺术家会员，哈尔滨诗词协会会员。曾任省民政学会秘书长、《民政与社会保障》杂志副主编、《社会组织之家》杂志主编。在《人民日报》《中国老年报》《黑龙江日报》《诗林》等发表小说、散文、诗歌300多篇（首）。2017年11月获"创世纪诗歌奖"。

月宫春·岁寒三友

松

挺拔傲立入云峰，
迎风铁骨铮。
压雪枝干挂银灯，
英姿鬼魅惊。
环境艰难何所惧，
岩石峭壁仍安宁。
敢与严寒战斗，
不屈求苟生。

竹

英姿挺立翠云霄，
柔枝伴叶摇。
节高凌雪更妖娆，
虚怀壮志高。
何惧冰封寒彻骨，
迎风向上挽狂飙。
腹挂千秋壮志，
品行堪贵高。

梅

战霜斗雪美奇葩,
脱俗品味佳。
冰清玉骨立悬崖,
娇容灿似霞。
雪赋香魂馨亘古,
妖娆俏妍世人夸。
蕾蕊迎风绽放,
韵绝超百花。

高尚儒诗辑

高尚儒，内蒙古人，20世纪80年代写诗文发表10余（篇）首，辍笔二十年重作诗文，今又发布200多（篇）首，有获奖作品，亦有作品入集成书。

等到红月亮

因为等你这个红月亮
父亲没有等上
早早地跑去给毛主席站岗
幸运的我终于见到了你
又匆匆呈现红红的脸庞
虽然是短暂的一瞬
却引起无数双仰望的目光
你面容虽显羞红
可勾起我重新认识你的遐想

冬 夜

这里曾经是羞花闭月
今夜却孤孑冷孑
叩醒了故乡的鼾声
寒云又淡掩天穹的半边
站立故乡的窗下
朦朦胧胧中浮现出童年
低头问故乡
那可是当年的容颜

历尽沧桑几十年
把酒问明月
踏遍青山人已老
故乡月儿何时圆

谁敢说一见钟情不是情

第一次遇上你
心就跳不停
你虽不算美得太出众
但楚楚动人
那甩来摆去的长辫子
绕得我老是乱方寸
你挽起裤角正干活儿
我就联系起白白的萝卜水灵灵
你唱起了《小背篓》
我仿佛看到了宋祖英
虽休闲随便哼几声
我感觉就是脆生生
你歇晌在工棚
睡梦中的笑靥也含情
分明就是睡美人
世上美女千千万万
唯有看你最袭人
从头瞅到脚
从说话到劳动
相见恨晚会滋生
自从眼睛和你对上了神
总会碰出暗火星
默默相视中
不管是一笑又一颦
没等话出唇
此时无声胜有声
不说话还好
一说话就动情
茫茫人海中
蓦然回首
一眼就把你认准
无论你走到哪

一刻我也没放松
千呼万唤始出来
莫非这就是人们所说之爱情
难道坠入爱情河
月亮已经甩不掉星
闭月羞花貌
沉鱼落雁容
但愿不演张生戏莺莺
吕端大事不糊涂
大秤杆上定盘星
我就是我
你就是真正的意中人

刘洋东诗辑

刘洋东，网名旭日东升，汉族，律师，代表作有《富有比例》《再见紫蝴蝶》《心灵相机》《静静地回家》等。

紫燕绕梁飞

携一缕青烟
叼一丝紫气
你是否
想来告诉我
有喜到来

是什么喜讯
你如此快乐飞来
我差一点就可以
看见你的全部身影

你剑速的身影
给我雀跃的喜
又给我失落的悲

你的到来
紫色环绕

难道
你只是将紫气光环
丢我就走
你只是将喜乐
放逐就跑

小燕子啊
紫气腾飞的小燕子啊
绕着屋梁只绕了一圈的小燕子啊
你到底是想要告诉我什么喜悦的秘密

再见紫蝴蝶
——观抗日电影《紫蝴蝶》有感

白日　黑光　阴暗中　忽见紫蝴蝶的身影
黑夜　白光　光亮中　突见紫蝴蝶的身影

出现一秒　隐藏一秒　危机随时出现
破茧苦痛承受住
千斤重压力也能顶

她　飞啊扑呀挣扎着　只为一个光荣任务
她　冲啊蹿呀闪亮着　只为这一刻绽放光芒

美丽的身体　在空中舞动生命如此精彩
花花的宇宙　为它布满了一层一层的生命防线

呼吸停止那一刻　也能发出讯号　任务不能失败
我将勇敢继续
飞吧飞舞吧　扑吧　扑动吧
生命真可贵　为光明为了这希望一线　阳光出现
眼睛闭上了　还在发出力量　任务没有结束
再见紫蝴蝶　在阳光下　闪呀闪呀　释放无限光芒
惊喜一刻　去飞吧　紫蝴蝶

香叶子诗辑

王志香,笔名香叶子;20世纪80年代参加湖畔诗社新诗班学习,喜欢写诗及散文,业余编剧。

我的春天

我的春天
在你开满鲜花的园子里
品味着一点一滴的美妙
那一耕一锄的甜蜜……

我的春天
在你透过茂密的叶缝间
领略这春雨滑过的清香
那舒柔自然地洒脱……

我的春天
在你悠扬的古曲中
领悟大山的慈祥
小鸟迎接蓝天的喜悦……

我的春天
在你沉香般木屋前
体味牵手时花香的芬芳
呼吸着满是花草的森林气息……

我的春天
在你宽广的土地上
浸入我心底的丝丝细语
荡漾在漫山遍野的春色……

我的春天
在你诗意的心田里
滋养我如诗如画的灵动
让世界在劳作的成果里变幻……

做您的女儿最幸福

我要自豪地告诉
世上所有的朋友
我的父亲是最伟大的
那不仅是他有多么善良
当妈妈从他的衣兜里
发现了那张竟化去了
他二个月工资的捐款收据
要知道他是四个孩子的父亲啊

我要自豪地告诉
世上所有的朋友
我的父亲是最伟大的
那不仅是老屋墙上
那满满的奖状和
那一枚给我指引方向的勋章
曾经奉献在那激情燃烧的岁月
记载着1956年劳模的人生价值

我要自豪地告诉
世上所有的朋友
我的父亲是最伟大的
他从不叫我好好读书
可我们都知道
父亲小时候没读几年书
孩子们因此会珍惜今天
淳朴——创造出自信满满我们

我要自豪地告诉
世上所有的朋友
我是世上最幸福的女儿
那不仅是在女儿出嫁那一刻

到处找不到您的身影
原来——原来我的父亲
躲在灶间默默地掉着眼泪
此刻我深深地读懂父爱如山

我要自豪地告诉
世上所有的朋友
我是世上最幸福的女儿
那不仅是我每有一个进步
都会成为父亲的每一个骄傲
而是我每一个"无理"要求
都会让那个不那么富裕的
父亲努力地去支持付出……

我要自豪地告诉
世上所有的朋友
我是世上最幸福的女儿
那不仅我是父亲宠在手心的明珠
而是我的父亲在他八十岁时
知道女儿那一刻的野心和玩心
取回番薯苗和女儿一起"疯"
如果有下辈子我还做您的女儿……

尹怀亮诗辑

尹怀亮，笔名彝家丛林，生于1963年6月，1979年参加教育工作，诗歌爱好者，利用业余时间进行创作，曾发表过许多诗歌。

路

路已沾满了春的信息
地气不同
雪花停住
旷野路边积雪融化
处处稀泥
山路深浅不一
泥潭
布满了
条条车轮足迹
点点鞋子印
这段路有些失落
夹杂着牛羊零乱蹄痕

如今
路在原野散发清香
湿润润泥土气息
山上山下
明亮的沥青路面
小草树木挂满幸福的水珠
被太阳一照
宛如串串银珠
闪闪发光
朵朵野花
沐浴得更加艳丽多彩
娇嫩得
像发育成熟的少女
宽阔开怀

奔向四面八方
带着
山的微笑
树的欢乐
鸟的歌声
路带着春风
春风
吹满人间美好希望

唱 雀

昨夜
星辰
昨夜风
阁楼晓喻漾江畔
林间布谷
双飞翼
有心灵犀一点通
如意歌声　送春酒
陶醉青山满脸红
疯狂豪放　唱山歌
高山回荡云也鸣
山歌来把雀声应

雨 景

雨

绢丝竹帘
又轻又细
好像湿漉漉的烟雾
轻柔地滋润着大地

雨
染红桃花满园鲜
柳絮装饰春姑的笑靥
让青青山峰
披绘洁白的纱巾

雨
浸透春心饱满的娇气
她玉洁冰清如此烂漫
又蕴藏着雍容雅步的情绪
尽情地释放

雨
漫漫飘洒
洒遍大地每个角落
我望着窗外
蒙蒙细雨
穿透无数的山峰
如痴如醉
被雨中美景陶醉

彭江琴诗辑

彭江琴，生于1968年1月17日，大学文化，初中数学教师，现定居于新疆喀什。从小酷爱文学，喜欢阅读古今中外小说以及现代诗词歌赋。曾在《鲁城文学》《行苇春秋》《文心雕龙》发表多首诗、杂文、散文。部分作品已收入《百强作家》。

同向春风各自愁

淡淡阴云在天上浮荡
潇潇雨声在耳边鸣响
我就是这样苦苦地
在每个白天每个晚上把你想

我们分别的时间并不长
在想象中你已改变了模样——
眉峰的翠色淡薄了吧
白嫩的手腕想也消失了芳香
我总是独坐室内面对小窗
这是我日夜想你的地方
内心是多么的空虚惆怅
眼光呆滞地落在院中景物上——

梦中我乘坐一只独木小船
披一川烟雨孤零零地飘荡
春天的江水澄清碧绿
燕子自在地点水飞翔
两岸青山倒影在江中
总是在我的船边荡漾
人在孤舟上无比寂寞
这美好风光我无心观赏
眼见落花纷纷芳草萋萋

我知道已是暮春时光

昨晚还在茶楼互诉衷肠
今天我已独自羁旅他乡
多想让风儿吹散心中愁绪
春风却软绵绵没有力量
于是我捡起一瓣落花
把满腔忧愁写在花瓣上
可恨江水流得那么湍急
不知谁能向我的朋友传去我的境况

忽然一阵风拍打着我的脸
我从惊梦中醒来
望着那一丛忘忧的萱草
我心中的忧愁却总也难忘
望着那几棵可作钓竿的修竹
我却不能垂钓在故乡的池塘
望着那数张卷起的芭蕉叶
郁结不展的是你我的愁肠！

你永远都是我三生三世的情郎

从浓睡中缓缓睁开两眼
便听到黄莺声声鸣啭
傍晚的斜阳照向窗棂
数不清的红色花瓣
把满地的清苔遮掩
风儿吹尽了枝头点点残花
却无人看见春色的消减
只有垂杨在风中袅动腰肢
独自悠然地起舞翩翩
淡淡的雾霭送来暖意

亲爱的人啊
我要你做我三生三世的情郎
无论天涯海角
我都要追随你到有你的彼岸
我不管岁月如何变化
红尘中的你
永远留在我的生命里……

三生石上早已刻下你我的名字
我要泼墨留香，与你挚守千年
写下永恒的绚丽……
当天地化为乌有
当海水不再流
我都不会与你分手
哪怕长江的水流干了
我也会守在你的身边
去寻觅我们的春天……

薄暮的春风
都为我们的事留下哀怨的泪

我喜欢你伟岸的身影
有你的日子
一切都变得五彩斑斓
我虽然没有仙女一样的美丽
但是，我有一颗诚挚的心
我喜欢那年你送我的宝扇
它就像明月一样的圆
扇面上乘鸾的仙女仍可看见
它顿时勾起旧日的离愁别恨
惊得我的心弦一阵阵震颤

我想在梦中与江南的人儿相见
把对你的爱恋执着告诉她
梦魂却被横江的沙洲阻拦
雪浪黏天啊，水天相连
上涨的春水像碧绿的葡萄酒滚翻
浪花激荡，向晴天飞溅
生成了半空烟雨弥漫
楼前的波涛苍茫邈远
离情别恨也这样无穷边
有谁采摘水边一朵萍花
寄给我抚慰心中的愁怨
已解我对恋人的相思之苦
我惆怅地远望
江上的舟船来往从容悠然
载着我的新郎回归万里云帆
何时才能到达我的身边
目前替我寄书的孤鸿飞去
却被千山万岭挡住了视线
此刻，谁能为我高唱《金缕曲》
把我满腹的愁苦驱散

聚散苦匆匆
伊人暖伊隔
念悲切
红尘万里佳人梦
暮烟苍茫野草枯黄弥漫天边
残云断雨似的恋情
朝朝暮暮的相思与孤独
为你带去我不改的情愫

孙成纪诗辑

孙成纪，笔名记者生涯，陕西米脂人。原米脂广播电视台主任记者，从事新闻采编工作近四十载，荣获过全国优秀广播稿二等奖一次，陕西新闻奖、陕西广播电影视奖、榆林新闻奖等二百多项（次），曾被授予榆林市"优秀新闻工作者"称号。作品《夸米脂》荣获全市"广播优秀节曲艺类"一等奖。

柏抱槐

是槐先扑到柏的怀中
还是柏先投到槐的胸脯
何必问谁先谁后呢
既然相爱

谁都会爱得这般迷恋痴情
槐向大地汲取营养
柏从太阳吸收热能
何必问谁付出更大呢

既然相爱
谁都会爱得这般执着奋勇
柏给槐以爱抚宽慰
槐给柏以妩媚温顺
何必问谁爱得更忠诚呢

既然相爱
情深彰显了恩爱的真谛
柏消除了槐的苦痛
槐驱散了柏的愁容
何必问人间情为何物呢

既然相爱
且有这生死相依的永恒

是槐先扑到柏的怀中
还是柏先投到槐的胸脯

何必问谁先谁后呢
既然相爱
谁都会爱得这般迷恋痴情
槐向大地汲取营养

柏从太阳吸收热能
何必问谁付出更大呢
既然相爱
谁都会爱得这般执着奋勇

柏给槐以爱抚宽慰
槐给柏以妩媚温顺
何必问谁爱得更忠诚呢
既然相爱

情深彰显了恩爱的真谛
柏消除了槐的苦痛
槐驱散了柏的愁容
何必问人间情为何物呢

既然相爱
且有这生死相依的永恒
沐浴光明
温暖温馨。

七月放歌

阳光给七月披上金色的外衣
清风拂面拨动起灵动的律弦
天涯海角溢淌一行行的诗句
邀月追星走在童话的王国里

七月我想唱一支赞颂党的歌
却怕打扰了您九十六年回忆
我想绘一幅优美绚丽的画图
又怕飘不出您天恩泽民馨味

那让我觅一首心中歌儿给您
悄悄地萌发胸臆萦绕着耳际
我深情地拨动了生命的节拍
就像山林间那如醉百鸟争啼

七月举国升起了鲜红的党旗
第九十六金色难忘记的日期
彩色的七月融进了我的诗行
美丽的七月走进了我的梦里

余长青诗辑

余长青，中国微型小说学会会员，江西省作家协会会员。1984年迄今发表小说、散文、诗歌等各类作品3000多篇（首）。出版小小说集《县长下乡》《情人茶座》《伤心的柳树》《作家的爱情》及散文随笔集《旅途有伴》等。

会跳舞的炊烟

一缕芒种，在夕阳中
被老家的院子抱在怀里亲吻
屋檐下几只调情的麻雀
还在回味初夏的爱情
院角落里，那棵孤独的栗子树上
响起了虫子的歌声
是该吃晚饭的时候了
油锅里炸响一串扑鼻的肉香
袅袅的炊烟，在晚霞中
翩翩起舞，飘过院墙
飘向田野，呼唤在田野里
劳作的人们，收工

是你偷走了我的心

还在上学的时候
不经意间，你就偷走了我的心
虽然，我那时根本不懂你的深浅

课堂上，我目不转睛地望着你
你好像对我也有点意思
我的一次书面表白
老师竟当着全班同学的面朗诵
弄得我面红耳赤，不过
在面红耳赤中，也
夹杂着一丝丝的自豪

在家里，我会时不时地想你
早上坐在床上瞅着你发呆
晚上躲在被窝里想你
想得夜不能寐

直到三十而立，我才
在公开场合表白对你的爱
登在报上的表白
我看了一遍又一遍
看得脸上盛开美丽的花瓣

如今，走过一路风雨
我对你的爱一往情深，始终如一
我坚信，我这一辈子
都会对你不离不弃，直到
海枯石烂，地老天荒

时红伟诗辑

　　时红伟，广东省作家协会会员，深圳市龙岗区作家协会副主席、诗歌协会主席。在《人民日报》《经济日报》《中国文学》《作家》《中国诗歌》等发表作品500多篇。已出版《欲之或》《山情海恋》《纪委书记》《时红伟爱情诗歌选》等文学影视作品。

记忆深处

在记忆的深处，
故乡，在苍茫的原野上
夕阳下，等待灯火的阑珊，
远方是来时的地方。

一个人在路上，
生怕一瞬间，
就错过了，
一段迷的人雨过风往。
邂逅守着夜里你，
弹奏孤月静朗的忧伤。

没人知道故乡的来历，
她寂寥着苍凉。
相信人生是一场流浪，
远方有歌声，
执念故乡的暖阳。

她独特的韵味
偶尔一曲思念
被埋葬。

高原情殇

我坐在西域高原的草丛旁，
在小草和野花间，读着
希门内斯所写的
痛苦而忧郁的诗篇。
雪山下如此的安静，
在安静中，
发现我慢慢变老，
青春真正地消失在
风中，
连怀念也不曾剩下。

抬头看到这座雪山，
还有玛尼堆上
飘动的经幡，
我知道，
沉默着的梦
此时已开始躁动，
孤独，沿每座雪山铺开，
去往未知的终点。

希望有如你一般的风景，
如山间清爽的风，
从清晨到夜晚，
望着远方，嫣然一笑
诠释与珍藏。

一段段过往，
故事就这样开始，
只有寂静，
留我年复一年的迷路，
在西域，我找不到
太阳后的故居。

第六辑 当代最美爱情诗

肖朗诗辑

肖朗，贵州贵阳人，《四川人文》杂志副主编，《小小说在线》签约作家，在全国各类刊物均有诗歌、小说、散文刊登，曾荣获各类文学比赛奖项。

我途经你的驿站

不知为什么
每次
途经你的驿站
总是流连忘返

目光，总要
情不自禁
穿过驿站
翻越
爬满紫藤的篱栏
双眼，总要
自动，搜索
你花园里
奇花异兰
哦，不对
我心猿意马
是因为
你常在花园
挥笔作画
画架下坐着你这
心无旁骛
作画的俊男

阳光下
你微卷的黑发
飘洒一波浪漫

哇！你那画笔一挥
油彩羞醒花瓣
花儿跳进画框
缀满你青春
七彩画板
我瞄了一眼
哇！那画
一片妙曼
一派灿烂
令我，好生喜欢
……

每次
当我款款
徘徊在你的客栈
真想推开栏栅
然后
荷一把花锄
挽一只精美花篮
溜进芬芳的花苑
锄一绺紫藤
采几朵玫瑰牡丹
编一圈芬芳花环
套在你
脖子的前端
借着欣赏你的画
任凭心跳
悄悄抬头
偷偷，朝你看看
……

春光下
你那双
洒满月光般
深邃迷人的双眸
那么入神
盯着画板
唉！竟未察觉
一个女孩
痴痴，靠在栅栏
目光，轻轻从画上

237

移向，健硕的身板
……

我好想 壮着胆
走进你
画画的美苑
好想
踮起脚尖
闭上双眼
让你涂抹颜料的手
轻抚 我的发辫
再用滚热的吻
在我，发烫的额头
一阵温情，铺满
……
我还做了个梦
一个初辉的清晨
我终于收到
你寄来的情诗
读着，读着
哽咽，泣然
泪下，潸然
你说你其实
早就爱上了我
真的吗
好惊喜
醒来
才知道
相思成幻
……

哦，今天
鬼使神差
又途经你的驿站
哇！看见了我
你挥着画笔
终于向我频频召唤
还对我
莞尔一笑
四目相对瞬间

触电炽燃
我急忙低头
匆匆小跑
离开驿站
只听见，心中小鹿
撞得我
心慌意乱
……

嗯，好像
你那柔情的目光
已经，猜透
我哟，少女
情满潺潺的心岸
田野小河边
一朵，红梅花儿
已经，悄悄绽燃
……

何素燕诗辑

何素燕,网名燕叶相随,发表网络小说《女人心》及散文《小城·父亲·我》等作品。

遥远的梦

一

静静地过了好久
久到模糊了你的模样
其实你离我真的好远
远到都没有曾经的别离
也没有泪流的感觉
记忆里都是甜蜜
在失联的岁月里
心底深处的某个角落
始终有你
从未离开
只是　尘封的心没有涟漪

二

曾经　在那个花开的季节相遇
来自大山的你
温润而阳刚
我收获了暖意
也感受到了爱的美妙
你温情而博学多识
举手投足散发出的光芒
成了我永恒的梦曦
为什么遗失的
我真的不知道

知道的时候
你已经走远了

三

在这个有雨的季节再次相遇
从不曾想的悸动在那一刻爆发
仿佛我们又跌回了曾经
你侬我侬好惬意
梦里的久天长
又如此地真实起来
我还是奢望的
忘记了失联的原因
是太过的深远和没有的结局
如今依然如故
爱得不够忘我不够深厚
才是失联的理由

四

时过境迁
甜蜜已无法复制
可我还是又做梦了
希望可能有白头后的牵手
浪迹天涯　有我有你
而你　始终保持沉默
我知道梦太遥远
沉默是最好的回答
也无法回答
太多的深意都在沉默里发酵
我的梦飘得太远
远得有些幼稚
和我们的距离不相上下

五

我又一次在梦中醒来
泪湿了衣襟
我于是翻了个身
努力搜刮梦中的记忆
一片空白却充实了头脑

才发现　梦飘得好远啊
远得抓不住分毫

我再一次地遗失了
那曾经的爱

剔透的爱

不管时光如何流逝
岁月的年轮如何滚动
心的共鸣永恒不变
情的永恒生生不息

时光的流逝
带不走曾经的爱恋
岁月的蹉跎
带不走刻骨的思念

纵然天空不再有绚丽的色彩
而我的爱
一如夜晚的繁星
明亮剔透

杨宇诗辑

　　杨宇,著有《梦美家园——他和她的故事》《风起云飞》《风花云月》《风正云帆》四部长篇小说,在各种刊物发表散文、诗歌、随笔等300多万字,多部(篇、首)小说、散文、诗歌获全国性文学大赛金奖、银奖。

你的一个电话

你的一个电话
我们重新连线
几度秋的物转星移
多少载的闲云潭影
你的声音
依然清朗甜美如从前

你的一个电话
我们隔阂消失
蝗虫般的流言蜚语
理不清的情纠爱结
霍然无迹
缠绵细雨如甜蜜心曲

你的一个电话
我们另造真爱
心田里的百花破蕾
蓝天上的百鸟鸣啭
美妙时光
叮咚泉水让情滋爱长

陈龙章诗辑

　　陈龙章，笔名月满西楼，中学教师，论文多次获取国家级一等奖。在各种刊物网络平台发表诗 400 余首，散文 30 余篇，微小说 20 余篇。着有诗集一部。

别说你错过了爱的季节

别说你错过了爱的季节
这不是你遮掩的理由
你的内心如火热
千万别把路走错
爱不是寻花问柳
家的温馨才是永不熄灭的灯火
别说你错过了爱的季节
爱你的人正在厨房忙碌
别忘了穷追不舍的年代
惊天动地的海誓山盟
每一次刻骨铭心的爱恋
都应该承诺地久天长的感动
别说你错过了爱的季节
相爱不分春夏秋冬
春有春的桃花绽放
夏有夏的艳阳当空
秋有秋的金果飘香
冬有冬的雪花浪漫
你在春日里山花红遍
夏日里汗流满面
秋日里蛙声阵阵
接踵而至的是冬即将来临
你没有错过爱的季节
冬季的床绝对是最暖心的

相爱只在心灵上沟通

雪花浪漫的轿子山孕育诗人的传说
千年的雪莲在最美的岁月中引吭高歌
爱的神话故事摇曳风铃
飞舞的火苗在冰天雪地里拉开帷幕

我与你的传说在雪山路上定格
执拗的思念暗含钦慕的眼神
微信里添加朋友圈相识
汩汩流淌的瀚墨缠绵于轿子山风情

唱一段雪山情缘
用最美轿子山公开我们的恋情
执弗洛伊德的精神分析法
剔除世俗对易安的污秽

不是恋人却心有灵犀
共同的爱好诉说流连笔墨
今生不求修得百年同船
相爱只在心灵上的沟通
不必海誓山盟千里飞纵寻烦恼
但求以文会友情深朦胧
爱在雪域高原风光无限
惜在一觞一咏畅叙兰亭幽情

李国中诗辑

李国中，湖南新邵县车峙人，业余诗人。

爱，真的好无奈

像一个漂泊的拾贝人，
将一个个光鲜的记忆拾起，
深藏在灵魂的日记里，
像一个漂泊的拾贝人，
将一个个光鲜的记忆拾起，
深藏在灵魂的日记里，
看着它我心里在流泪，
不看它我又有多么的不舍。

时间一天天流逝，
我们的分别就将临近，
我有千万的留恋，
也有万般的不舍，
但又有什么办法？

不久我们就要分离，
你将走向未来的陌生，
独自去面对坎坷的人生，
我多想变成你灵魂的小鸟，
筑梦在你的心里，
与你一起哭，一起笑，
将你捧在手心，
走也牵挂，梦也纠心。

你我真心地相爱，
一想起无奈的分别，
我的心在流泪，
紧紧地拉着时间的尾巴，

不让它流去！
将记忆深深地打点，
一点一滴都是心在流血，
无奈呀，多么不舍，
亲爱的，未来的日子你会怎么样？你过得好吗？
你有什么痛苦？你有什么困难？
我会时时刻刻关注！

以后我天天听着你的歌，
爱你却不能在一起，

想你你却远在天边，
无奈多么的无奈，
我有一辈子的不舍，
一辈子的留恋！

再见吧，亲爱的，再见，
我的心永远永远在你身边！
思念是每天的太阳，
牵挂是夜晚的月亮，
时光不老，思念不绝！

洪峰诗辑

洪峰，本名张洪峰，汉族，诗城马鞍山人，曾做过编辑，乐队吉他手。

用酒写给伊人的诗篇

在很久以前，一个秋天的雨夜，
我把我所有对你的爱，
以及你对我所有的柔情，
深深地埋藏在心底。
让往事慢慢地沉淀，
一生为你酿造爱的琼浆玉液。

在没有你的风花雪月，
我独自品尝那孤独的滋味。
无论是风起的日子，
还是雪舞的时节，举杯向月，
就是有千万种的风情，
我又怎能从思念的痛苦中解脱？

好吧，那就让我一个人独醉！
但愿每一次醉后就永不复醒！
从此，再也没有什么天长地久；
从此，再也没有什么悲欢离合。
因此，对你的爱不生不灭；
因此，对你的情不增不减。

但是谁一次又一次让我复醒？
我从你摇摆的裙裾中醒来；
我从你飘扬的长发中醒来；
我从你缕缕的暗香中醒来；
我从你缓缓的柔情中醒来；
我从孤独的死亡中醒来。

在秋日的黄昏，
你坐在初恋的旁边，
我坐在你的身旁，对酒当歌。
——你的花蕾你的月亮，
你的山峰你的峡谷，
你的森林你的小溪……
是我一生流连忘返的风景。

那已封存多年的爱情，
在华灯初上霓虹闪烁的夜晚，
随晚风带着风铃的祝福纵情开放。
即使世界的末日将要来临，
但是此时此刻，我仍然要和你
痛饮这一生为你酿造的琼浆玉液。

胡国龙诗辑

胡国龙，下过乡，教过书，从过政，曾受聘湖南大学新闻传播与影视艺术学院教授和中国社会科学院特约研究员，在国家、省、市级报纸杂志发表论文120多篇，新闻稿件200多篇，获一、二、三等奖一百多篇次。现受聘担任某省级商会秘书长和杂志社副社长。

爱的守望

把心际镂刻成
一片星空
让里面都装满
五彩的缤纷

把心田涂抹成
一片金黄
让每处都凸显
艳丽的风景

把心池浸润成
一罐琼浆
让甜蜜去沉淀
精彩的人生
把心海飘荡成
一叶风帆
让执着去穿行
金色的长空
把心愿积累成
一腔渴望
让追求去践行
不懈的征程
把心思凝固成
一种坚守

让年轮去碾压
奋进的足印

把心绪深厚成
一叠祝福
让奋斗去决胜
梦想的成真
把心境流淌成
一条爱河
让追逐去证明
坚贞的永恒

叶邦宇诗辑

叶邦宇，安徽省作家协会会员，有诗歌散见于《诗刊》《星星》《诗歌月刊》《青年文学》《四川文学》等。出版诗集《倒影》。部分作品被收入《2013 中国诗歌年鉴》《中国年度优秀诗歌 2016 卷》等选本。

火柴头与火柴皮

一下就擦出火苗
不是一见钟情
就是两情相悦

哪一头受潮了
都是一厢情愿
或单相思

周晓宇诗辑

周晓宇，男，彝族，彝文名阿卓乌萨，现居云南楚雄。1972年9月16日生，19岁开始以笔名潇晓、雨楠、晓雨等发表文学作品。有作品获"芳草杯"全国精短作品大赛奖和中华情爱作品大赛奖。著有诗集《穿越语言》。

假如那一天真的来临

纵有山盟海誓
纵有海枯石烂
假如那一天来临
请把我的心轻轻捧起
然后
合着艾香默默地忘记

心与心的相守
那是岁月的轮回
情感的荡涤
如果我离开
就让我融入
这片魂牵梦萦的土地

风在嘶鸣
山在追忆
即使太阳保持沉默
即使月亮也会流下泪滴

假如那一天来临
我要微笑着与你握别
然后
把你的面容刻入心底
因为
再高的山峰也无法比拟
再长的河流终将远去

活着就要像群山一样耸立
倒下就要像泥土一样呼吸

每一个旭日初升的清晨
就让我将你轻轻唤醒
每一个夜幕降临的夜晚
就让我陪你一起梦呓
既然相爱就要深情相依
即使分离也要彼此珍惜

你看夏虫也为你沉默
你看秋雨也为你私语

假如那一天来临
漫山遍野的鲜花是我留给你的回忆
蔚蓝天空的云朵是我留给你的慰藉
人生难免要栉风沐雨
哪怕离开就会无踪无迹

假如那一天来临
请一定把我忘记
请一定把我想起
这是人生的皈依
这是挚爱的真谛

王方泽诗辑

王方泽,网名在水一方,中共党员,金融部门就职。

手握镰刀的女子

开镰的日子
蓝色的天空挂不住一丝云朵
空气停止流动
高高的太阳静如处子
风滞留在树梢
手握镰刀的女子
盘起柔软的发髻
撸起修长的袖子
挥洒久违的舒畅

一片一片
庄稼温顺地倾倒在身旁
一粒一粒
谷子在指缝间流淌
像我的诗歌
跳跃着火热的诗行
禾的气息随风飘荡
迷人的芬芳弥漫遥远的村庄
那里的炊烟缭绕
那是爱的家园
散发缕缕芳香

小鸟在田垄歌唱
前方是金黄的海洋
回头是多情的土地亲吻
谷香
欲别的庄稼
纷纷拥抱

最后一次感恩
大地的光芒

手握镰刀的女子
芳影浮动
她在收割自己甜美的爱情
她在畅游爱的海洋
一幅流动的风景线
闪烁在
苍茫的旷野之上

白小霖诗辑

　　白小霖，笔名霖雨味道、诺、伍洲的世界，2016年和诗人小刚在舟山成功举办《岛》迎新春现代诗全国大赛。

点绛唇

秋风送船
轻舟一载浮云远
半梦半醒
把酒欲成仙

字里行间
奈何为哪般
桃花笺
拨灯书尽
此情深处浅

董振国诗辑

　　董振国，出版诗集三部，近千首诗歌散见《人民日报》《羊城晚报》《华夏诗报》《工人日报》《收获》《绿风》《当代诗歌》《中国微型诗》等，获第三届"河南十佳诗人"奖、第三届"新国风杰出诗人"奖、《大河》诗刊"诗歌突出贡献奖"等奖项。系中国诗歌学会会员，河南省作家协会会员，河南省诗歌学会理事。现任世界华文爱情诗学会副会长,《伊甸园》诗刊主编，《洛阳诗人》诗刊主编。

她款款走来

她款款走来
我眼前一亮
仿佛天空升起十个太阳
夺目的光芒
令人眩晕
醉人的体香
使我血脉贲张
我想寒暄几句
可准备好的话
早因慌乱遗忘
我不敢望她一眼
唯恐她眸子里的火将我灼伤
于是，我给这首小诗插上翅膀
又怕它载不动爱的重量
飞不进她的心房……

杨峻诗辑

　　杨峻，作家、诗人，曾出版专著《三十而言》、诗集《像爱一棵树一样地爱你》。为柳宗元研究学会常务理事、潇湘文化研究会副秘书长、湖南《红网》"论道湖南"等多家智库专家。

断不了的线

不知从哪天开始
我们中间有了这根线
它紧系茫茫人海中的两个孤魂
因为它
编织出一场久旱逢干露的邂逅
留下了千姿万态的瞬间

有时候它很细
肉眼看不见
我却无比清晰地感知它的存在
那些可人的謦欬
花谢花开的声音
和"月下飞天镜，云生结海楼"的幻境
随风潜入窗棂

大多时候它是有形的
挥之不去
甚至像横亘在漫漫旅途中
不时面对而又必须迈过的沟壑
提醒我们
花团锦簇固然美好
风霜雷电也必不可少

有时候它又如此之绵长
即便是再遥远的地方

也能抵达
振翅高飞的鹰隼
从未曾离开过 它深情地注视
飘零在天之涯海之角的心
被它海水一样地紧紧地包裹

贺阳诗辑

贺阳，本名杨洪涛，2011年成为红袖添香小说网签约作者，曾在多家文学网络平台投稿。喜静好禅。

那一年，走过四季殇伤

那一年，春深夜还微凉
我每日于屋后的白杨下彷徨
盼你在余晖中路过我的目光
哪怕瞧一眼
你阳刚的脸庞
我便心海明朗
如莲花出水英姿飒爽

那一年，夏荷早殇映窗
我每日着白衫影印石壁短墙
任风吹拂脸颊飘过我的皂香
哪怕你一瞬间的回头张望
我便触动心房
如溪满成江惊涛骇浪

那一年，秋色悲叶儿黄
我每日梦绕你身穿蓝色中山装
而我是伴你身旁的美丽新娘
在众星捧月中步入爱河长廊
我便欣喜若狂
如花前月下，绝代无双

那一年，冬雪扬勿相忘
我每日舔舐苦涩暗自忧伤
岁末你终于成了别人的新郎
我知道
我不配依偎在你的身旁

261

我便安心流浪
如天涯海角独自远航

十年后，冬夏忙莫多想
你是否还记得我瞟你的余光
想我却羞于敞开心房
痛彻难忍多于情爱之上
我便暗恋自伤
如百无聊赖，寂寞绝望
二十年后，春秋暖福满仓
我已不复青春看破世俗沧桑
你的身影却依然难忘
哪怕已是膝下儿女满堂
回想曾经，我便此世不枉
如陈年美酒醇厚馨香

三十年后，四季鬓角挂霜
求佛只为赐我一座雪域高原
把你藏于内心的善堂
日日合掌诵经化解仅存的伤
我便不计较来世前的孟婆汤
如云消雾散，百花盛开

经年后，梦中的你或许朦胧
记不清你的模样
残留的记忆
亦不知是谁操琴弄箫
曲终便是因缘已了……

殷语诗辑

殷语，副研究馆员，女，生于1965年，研究生学历，历任无锡张闻天旧居主任、无锡博物院陈列展览部主任、党政办公室主任，为中国博物馆学会会员。

在无尽的光阴中想你

我把所有寂寞的时光用来想你
就如同你
在繁忙的间隙中想我一样
我的思念宁静而又甜美
一如冬日的雨滴落在
光秃秃的树梢
慢慢凝聚　浸润
踌躇了很久
才缓缓地　缓缓地
缓缓地
顺着树干滑落

我将所有的困惑　悲愁
还有　还有你的落寞
凝结成一首首诗
一如你在漫长的光阴里
不断地回眸　不停地怀想
无尽地欢喜一样
我的思念沉静而又温柔
恰如洁白的雪花在窗棂
缓缓地飘落
——静穆　空灵

我在无尽的光阴中想你
淡淡地　默默地　无痕地
一如你简洁的回复

一如你款款的深情
一如你倔强的坚持
一如你无泪的痛哭
在风雪的旷野里
在无边的宇宙间
——化作无形

李明刚诗辑

　　李明刚，广东省作协会员，广东省民间艺术家协会会员。诗作入选著名诗人老刀和大生主办的广东百年新诗展，引发诗坛关注。在《南方日报》《海南日报》《佛山文艺》等发表文学作品50余万字，多篇小说入选《小说月刊》。出版文学作品集《桨声悠悠》《春回月明》《早安微语》。

黄　昏

没有什么时候
比那年新寮岛的黄昏更美妙

没有什么声音
比那时黄鹂鸟的歌唱更妙曼
没有什么光亮
比渐渐淡去的晚霞更柔和

没有什么事情
比在向晚的海边读情书更浪漫

你看哪，最晚那班渡船已靠岸
姑娘啊，此时你会给我带来惊喜吗

张怀秀诗辑

张怀秀，女，云南省昆明市倘甸两区倘甸镇马街小学教师。

无言的思念

深秋，
一个多风的傍晚，
你从我的身边走过，
把一枚秋风冲刷的红叶，
失落在我的身旁。
我捡起那枚红叶，
小心地珍藏入心底，
任凭思念，
像斩不断的雨丝，
把我的心润湿。

张卫如诗辑

张卫如，1982年入伍，1983考入南京陆军通信学校，历任通信排长、副连长、指挥连连长、指导员等。任连长期间，连队荣立集体二等功被集团军树为标兵连，个人荣立三等功。后转业在泗阳县政府党史办公室，多年从事泗阳党史和县志编辑工作。

想见你

想见你
美丽的枫叶
红遍山巅

想见你
七彩的晚霞
灿烂天边

想见你
紫色的围巾
心跳目眩

期待这一刻
它是我们
共同心愿

让我爱你一次

如果不曾相识
心情不会沉重
如果不曾邂逅
我们都会过得轻松

一个眼神
让心海掀起狂风
嫣然一笑
让魂魄从此沉沦

望高山峻岭
想我们牵手同登
游蒙古草原
愿我们酒醉帐篷

相约
从来不畏雨雪
伫立寒风

爱情
怎能无动于衷
缺少虔诚

让我爱你一次
无愧于今世
无憾于今生

李和葵诗辑

李和葵，网名雪山杜鹃，1970年10月生人，1992年毕业于北京自修大学云南分校。

不要说你什么也没有

不要说你什么也没有
我理解你此时的心情
你内心的淳朴与善良
是你一生最美的品格
不要说你什么也没有
单位年年评优的奖状
是你为农村经济发展
爱岗敬业的见证

不要说你什么也没有
爱　是抽刀断水水更流
别忘了　我
处处刁难你的尴尬与兴奋

不要说你什么也没有
美好而成熟的爱情
恰似磨合已久的车
别忘了　我
在哭泣时你对我的承诺

不要说你什么也没有
你生命的价值已经超越自我
别忘了　你的鲜血
早已经流淌在有缘人的身体里

不要说你什么也没有

每一滴流淌在有缘人身上的血
都是　你
为社会奉献的一份爱

不要说你什么也没有
你有爱你的亲人和朋友
你还有你爱的"小家"
更别忘了可爱的女儿

不要说你什么也没有
只要活着就有新希望
彼此风雨人生二十载
你是我爱情里最美的诗篇

不要说你什么也没有
最美不过夕阳红
明天"日出江花红似火"
别忘了
"小屋"的灯是亮着的

高龙兴诗辑

　　高龙兴，自学大专文化，喜爱文学、历史和哲学，创作了不少优秀的农村题材散文和诗歌，还创作了一些剧本和童谣，作品多次在全国诗歌和散文大赛中获奖。

两双手握在了一起

明明的月光下
两双手握在了一起
两颗心剧烈地颤抖着
眼睛里亮起了爱情的风帆

璀璨的夜空下
两人并立着，静静地
望向天河，看牛郎和织女
是否打着灯笼，牵着牛儿来了

张奎诗辑

张奎，笔名半个月亮，贵州开阳人，现居成都。爱好国画、诗歌，中国西南当代作家协会会员，成都市诗词楹联学会会员，中国诗歌网认证诗人。

零点情思

每夜
与时钟交谈
任香烟在指间燃烧思念
缭绕的情丝在眼前盘旋
一圈一圈
在空气中慢慢弥散
只有被时间沉淀的那份情
寄居在烟灰缸里
积满厚厚的牵念

静静地
一个人
等候时针与分针在零点重合
零点
日与天的界限
零点
我与你的另一片天

你被时间成全
我为念你而无眠

这寂寥的深秋
风儿轻轻地缠绵
你是否听见
那是我对你温柔的呼唤

这寂清的夜晚
有一道落叶划过你窗前
你是否看见
那是我捎去最真诚的眷念

陈艺华诗辑

陈艺华，女，爱写诗歌、随笔，作品屡获著名诗人文川、作家纳兰泽芸、知名高校教授许艳文等人好评。

当海泥遇见了沙

海泥说
她相信每一粒沙
都是一滴枯死的水
每一滴水都是流出的眼泪
轮回千年，转载着思念
水，缠绵
摩挲着海泥久已不合的眼
看鸳鸯戏弄水面
听爱情在回响

当沙子留下的脚印叠成了塔
海泥遇见了沙
不问经途用了多少年华
不问沙子接受了多少捶打
不问彼此的感情是否还在发芽
一切都不必作答

不管是阳光雨露还是潮汐洪水
相遇了　就要紧紧抱住

当海泥遇见了沙
当细腻遇上了粗犷
当温柔遇上了刚烈
心会活跃地跳
脸会颤动着红

当海泥遇见了沙

他已经褪尽了光华
他想将爱尽洒
为海泥捧出一束金花
但是——
海泥用沉默回答
任风吹雨打　逐浪天涯
身边　始终都有沙

田蜜诗辑

田蜜,一个善于思考、喜欢文学的女孩,湖南省湘阴县长郡教育集团城东实验学校老师。

我 们

轻风拂过我脸庞
阳光洒在你身上
追风的少年
肩起一季的晴朗
用"你好"侵入我心房

你行进了我的文
我却融不进你的章
那夜不停吠的野狗
把思念咬得比过程还长

梨花飞絮
我的原野满溢希望
柴门又被敲响
是风
不是我的情郎

空庭 不寂寞
有你在心上
早来的春色已渐晚
你还是少时的模样
花开灿烂的清晨
用一句"阳光正好"
替代了
"原来,你也在这里"

黄硕诗辑

　　黄硕，本名黄培华，曾为媒体记者、编辑，现为国企干部，有诗、散文、新闻作品见诸刊物。

我是你指间滑落的沙

我是你指间滑落的沙
温暖五指任我慢慢地滑
伴着秋风飞扬离开了家
跟随冷雨飘忽零乱了画

我是你指间滑落的沙
变成你 QQ 签名微信的话
明知字字如针往心头里扎
还要你对我更直白的回答

你的手指我的流沙
山盟海誓不见当初编织的画
眼前的景象变成西风瘦马
躲不掉断肠人在天涯

你的手指我的流沙
海枯石烂原来只是神话
美好的回忆却在夕阳西下
忘不了断肠人在天涯

我是你指间滑落的沙
没有了问候没有牵挂
心中有难言的悲伤
眼里有扑簌的泪花

我是你指间滑落的沙
依恋你如花旗袍飞扬秀发
依恋你温柔手指在背心轻划
醒来后你柔情都去哪儿了

你的手指我的流沙
山盟海誓不见当初编织的画
眼前的景象变成西风瘦马
躲不掉断肠人在天涯

你的手指我的流沙
海枯石烂原来只是神话
美好的回忆却在夕阳西下
忘不了断肠人在天涯

当代诗人原创诗歌作品选

郝清文诗辑

郝清文，笔名龙文，中学语文教师。郡望山西，籍由齐鲁，现居津沽。

回 眸

最难忘是那回眸
在纷乱的繁华世界
在滚滚的烟雨红尘
把万千星光在眸中流转
聚拢成一个灿烂的微笑
最爱你的温柔

不管是有意无意
抑或是钟爱嫌弃
你那惊鸿的一瞥
已经掀起无限的涟漪
在我寂寞的心底
化为永恒的回忆

谷臣锦诗辑

谷臣锦，桑植白族农民，中学毕业后一直务农，农闲时爱好写诗和绘画，2016年在《四川读者报》上发表两首诗歌。

致 妻

你是太阳
我是月亮
月亮围着太阳转
太阳紧紧挽着月亮
月亮时圆时缺
太阳永放热和光

因为有了太阳
世界才光明温暖
大地才灿烂辉煌
因为有了太阳
才有春光明媚
鸟语花香

你是鲜花
默默吐露着芳香
似牡丹高雅
如莲花端庄
赛菊花气傲
胜梅花坚强

你是画卷
处处展现着闪亮
趣味无穷
内涵深藏

赏心悦目
惊艳若狂

你是赞歌
时时咏唱着衷肠
悠扬曼妙
余音绕梁
令我鼓舞
给我欢畅

你是金子
珍贵绝顶举世无双
真金不怕烈火炼
乌云遮不住太阳
心不染尘
情不染殇

你是宝藏
令我全力守防
为了你火海敢赴
为了你刀山敢上
爱你要三生三世
爱你到地老天荒
你是聚宝盆

装着温柔　美丽
勤劳　贤惠　善良
还装满了
太阳　鲜花　画卷
赞歌　金子　宝藏

何联社诗辑

何联社,笔名煦之春,男,1964年生于陕西省咸阳武功,做过中学教师,现为教育行政工作人员,多有作品发表于网络。

爱你,不问归途

叫我如何拿捏固有的腼腆
故作矜持　默默逡巡
叫我如何按捺得住长夜的撕扯
等不及黎明
叫我如何不去扒开胸膛
让心熔冶后爱喷薄而出

一如从前
总会以一个朝圣者的姿态
爬过千山　涉过万水
额头磕出血来
把纯洁的灵魂
祭放在爱的圣坛
还有赤裸而洁净的身子

不是凤凰
所有的期盼
不敢奢望涅槃后的永生
不知轻拂的柳枝　能否洒下
几滴清凉的甘醇
干涸焦灼的躯体
也随灵魂如阡陌禾苗
起死回生

算了　算了

就化作一只傻傻的飞蛾
睁开抑或闭着眼睛
一头扑向爱的炼狱
贞洁的躯体化为灰烬
让不屈的魂灵
随袅袅青烟
去追随你　不问归途

顾天泽诗辑

顾天泽,喜欢诗的故事,亦喜欢故事里的诗,多首(篇)诗文发表于网络媒体。

秋 思

最是那初春的温柔
带来了深秋的哀愁
一树
一秋
一心忧

最是那黄叶的牵绊
带来了老树的思念
一树
一年
一痴恋

最是那疾风的挽留
带来了尘世间遍地的仓促
一树
一路
一恍惚

最是那茫茫人海中的一次回眸
带来了伊人无尽的等候
风已过
叶已落
树已枯
情已上心头

当代诗人原创诗歌作品选

清风诗辑

清风，本名郭辉，男，出生于1968年，陕西省长武县人，现在咸阳市铁塔分公司彬长办事处工作。

秋 夜

月光皎洁
树影婆娑
静得能听到
风吹叶的飒飒声

忽然不知从哪里
传来了一首思念的歌
你从哪里来
好像一只蝴蝶飞进我的窗口
难道你又要匆匆离去
又把聚会当成一次分手

听到这里
在月下徘徊的我
相思泪已挂满了脸庞
心已伴歌飞到了她的身旁

抬头望着故乡的明月
心中就想起了我最思念的人
回想起那年中秋月下
就在那幽静的夜里
在哪朵玫瑰花前
她给了我初吻

羞得月亮都躲进了云层
忽隐忽现
像在偷窥似的

一阵风吹过
枯叶飘落满地
夜有些秋后的凉意
她把我抱得更紧了
直到月落
在这金秋夜里
爱到永远

淡菊人生诗辑

淡菊人生，本名任金霞，发表多篇散文、小小说、诗歌。曾获河南省传媒集团征文大赛二等奖、河南省获嘉县党委征文大赛一等奖等。

杯中的约会

呵，你来了
悄悄地乘着风
踩着银河的柔波而来
就这么静静地静静地
躲在我的窗外
把我偷瞧
我好怕惊扰着你
便将唇边的莞尔
留给杯中的你
我在微醺中沉醉
你在浓醇的酒中沐浴

呵，是你吗
我的月牙儿
激动
在我的腮边冰凝成了露珠
那热烈的情话因酒醉漫舞
我好怕惊扰着你
便将目光
轻轻地轻轻地
移回
可这露珠却纵身于杯中
晕散了你的相思
击碎了我的挂牵

呵，你走了

微爽的风是我给你的小桨
载着你的相思
我的挂牵
在泛着柔波的银河
轻轻地轻轻地
向西游走
我好怕惊扰着你
便悄悄地悄悄地
离去

吴建设诗辑

吴建设，1964年12月生人，初中文化，早年曾在《滁州报》（现改名《滁州日报》）发表过小诗。

雨夜相思

滴滴答、滴滴答
深邃的天空小雨如酥
依然是恣意风狂
飘飘洒洒
一个人走在冗长的马路上
缱绻缠绵
思绪万千
小雨浸湿了我的头发
慢慢地滴下了我对你的牵挂
夜深了
雨还在下
我也还在和小雨说着悄悄话
思念的泪水
像窗外的小雨轻轻落下

范文曦诗辑

　　范文曦，本名范世荣，笔名如烟 、心如、 流莲 、征伊，诗歌《夜过呼兰河》被萧红纪念馆《萧红诞辰百年》收藏，作品和事迹被收入《中国当代创业英才》等书。

大海的爱

今夜　我是海
拥有海一样的心境
多情的思绪
浸过理智的防线
想掬一朵美丽的浪花给你
她很咸很涩也很俏很娇

今夜　有一个好心情
便已足够
让我对你说
吾心是海
那盏浮动的航标灯
是否是你明亮的眼睛

今夜　想托一片海　寄给你
让宁静的蔚蓝色
走进你的梦乡
让恬静的月光
洒向你白皙的脸庞
让她代我给你拂去忧伤
在海的另一方
我被懊恼的往事淹没
黑　暗　更　长
我躺在床上　无法入眠

辗　转　反　侧　心想那
忽远忽近的 浪涛的奔流声
是否　把我的思念
捎给　远方的你
犹若天山的彩云般绮丽
期许　爱与心的归一

张大鹏诗辑

张大鹏，笔名胡言语，子曰诗社社员，湖北省中华诗词学会会员。

爱的流放

我把热血泼向素笺
折叠成心的模样
在小溪边　把它轻轻流放
带着我隐藏心底的愿望

坎坷夹杂着风雨冰霜
激流拥抱着惊涛骇浪
我的小船　你可要坚定信念
不要徘徊在浅滩或漩流旁

岁月悠悠江河流长
我的小船你不要彷徨
海角天涯　等待你的
是爱的大海博大广阔的——
心膛

邓贵秧诗辑

邓贵秧，笔名桂香幽然，小学数学教师，有多篇教育教学论文获奖。

相伴永远

我们相恋于山花浪漫的季节
始于最初的雨季缠绵
阳光下的伞儿
我们含情的草莓
涨起的潮鼓声阵阵
翻卷的诗画翩翩流连

没有手机的年代
纸笺流淌的翰墨肆意横行
潺潺的溪流延伸大江南北
甜蜜的漩涡来自鸿雁
割不断的情醉意蒙蒙
轰轰烈烈的执着今生无悔

采撷玫瑰种植相思南国
尘世中的爱恋情波暗送
红土地定格一世惜缘
轿子山祝福掌声雷鸣
我们双宿双栖比翼齐飞
爱的路上风雨同舟

荏苒时光白驹
二十五载女织男耕
爱情的果实清香远播
骨子里融入坚实的豪迈
岁月长河记载点滴情爱
今生与你相伴永远

李宏伟诗辑

　　李宏伟，男，1974 年 3 月入党，曾就读于华中科技大学。中华诗词学会会员，湖北省诗词学会会员，赤壁市诗联常务理事，市直机关分会会长

遇见你是前世缘

我的圣洁的心苞
飘进了一颗纯净的种子
渐渐地长出了
羞涩的小苗

丹血的滋润
灵魂的护祷
忽然间抽出了
浪漫的枝条

绽放吧，只要花儿的芬芳
何惧落英的来到
炸裂吧，只要果实甘甜
何惧躯壳衰老

春风夏雨秋月冬雪
多彩的世界如此美好
溪流芳草林荫小道
浓情的旅途如此奇妙

牵手歌唱
愿时空停止奔跑
同声吟诵
愿日月高悬不倒

我深知这只是宇宙的一瞬
抑或是流星的一耀
但我愿执子之手
朝着永恒翔翱

李睿诗辑

李睿，笔名"木忧子"，初中美术教师，随笔、诗歌、散文、小小说散见各网络平台。

相思湖畔

可曾记否
白露茫茫，以霜为伴
万束光芒普照大地
彩虹驾着彩云
一副五彩云霞的模样
顿时薰衣草的海洋铺满整个山峦
山峦起伏，错落有致，
活像一幅田园山水写意画

我骑着骏马驰骋在草原上
你独自航海在大西洋的西岸
风儿吹乱了我的头发
丝巾随风儿飘却成风儿的模样
蒲公英缓缓飘过我的脸颊
我奋力扬起皮鞭
跟随蒲公英来到了你在的地方
一切都是莫名其妙的感觉
那早已注定是我该来的地方
大西洋西岸
一个我从来不曾到过的地方
我骑着我的骏马
骏马莫名地停靠在西岸湖畔
你也停靠在西岸湖畔
白露茫茫，有霜相伴
你我相遇在相思湖畔
我们彼此遥遥对望

我时而表现我的羞涩
时而逃避我的自由
你时而表现你的淡定
也时而逃避我的眼神
你说微风吹乱了我的头发
红色丝巾缠绕的模样透露着羞涩
纯净的眼眸里带着温柔的轮廓
我还是那么的秀色可餐
我说海水沾湿了你的衣襟
滚烫的汗水从你的脸颊滑落
深邃的眼眸里写着刚毅与坚强
你还是那么的高大魁梧
尽管我们在空气中凝滞了一刻
沉默的我们依旧有那么多的默契
我很庆幸找到了我的灵魂伴侣
也寻觅到了我的快乐
蒲公英再次吹乱了我的头发
我们扬鞭策马
跟随蒲公英的脚步
从千里之外的大西洋西岸
奔腾到广袤的大草原上
草原何等的辽阔
有成千上万匹骏马与我们一起驰骋
还有花海中的蝴蝶也随之起舞
我们像是来到了云层
与彩虹一起跳起了欢快的舞蹈
天上人间都与之翩翩起舞
好一派欢乐祥和的气氛
神仙眷侣不过如此

疑惑仿佛萦绕耳畔
我开始自言自语
你我相距千里
为何会在相思湖畔遥遥相望
莫非是修得五百次的回眸
才换得那一次的相遇
还是在出生之日
月老给有缘人系好的红绳
冥冥之中姻缘早已注定
只等天时地利人和

在合适的时间遇到合适的人
我不奢望能在相思湖畔相遇
却在相思湖畔莫名其妙地相遇了
相思湖畔一次相遇就足够
何必相遇多次又在巧合中错过
纵有千百世的轮回
也不及一世的相遇相知

我渴望见到你

我渴望见到你
却不愿摘下
我高贵的皇冠
因为我怕低头
皇冠会掉

我渴望见到你
却不愿放下我
至高无上的荣耀
因为我怕妥协
尊严会被践踏

我渴望见到你
却不愿放低姿势
去附和你
因为我怕附和
梦境会碎掉

我渴望见到你
却不愿表达
我犀利的言辞
因为始终沉默的我
依然百口莫辩

我渴望见到你
却不愿描摹
梦境的光影
因为宿命使然
我还是会失去

林杨诗辑

　　林杨，笔名浪子林杨，一个漂泊在城市的农民，种笔为文。在各类报纸杂志发表作品600多篇（首），共计150多万字。著有散文集《彼岸花开开彼岸》、诗集《雪花盛开的日子》。为黑龙江省作家协会会员，红高粱文学社社长。

天使，降落在呼兰河畔

有那么一朵花　　开在秋尽冬初
凌寒绽放　　笑傲呼啸的北风
朔风能凝固呼兰河水
却挡不住疾驰的光阴

你踏着诗词的韵脚
飞过日照香炉的峰顶
一路把酒临风　　灌醉山水飞鸟
还有小径上那个孤独的行人

在席慕蓉五百年回眸的那棵树下
在曹孟德杜康酒暖的炉旁
时光煮雪　　垂竿独钓流年
高山流水之声漫过玉门关

与你相遇的一刹那
雁往北飞　　紫燕呢喃耳语
高墙禁锢不住花开
双掌合十　　倾听蜜蜂蝴蝶的梵语

生命就是一场等待
从一树繁花到一堆落叶
每一片雪花都能读懂墙角梅香
在等待中老去也在等待中吐芽
你不在　　一个人的寂寞　是无眠

你在　一群人的寂寞　是狂欢
把倩影留在萧红笔下的河畔
不管岁月如何改变　都不能淹没你
神采飞扬的容颜

张建波诗辑

张建波，生于 1972 年，山西洪洞人，热爱文史，喜欢医卜。

你还记得吗

你还记得吗
也是这样的秋天
也是这样的秋风
凉凉地吹拂着柳丝
吹拂着霍泉
吹拂着霍泉碧波的涟漪
吹拂着你我依偎的栏杆
吹拂着波心的飞虹塔影
还有塔影中你的笑靥
还有我们生死不离的誓言

你还记得吗
也是这样的秋天
也是这样的秋风
秋风中
我说　如果
我说　只是如果
在某一天　你我走散
我将用十年的光阴
作为我们爱的祭奠
我将把所有的爱
让它在烈火中化为云烟
二十年　就这样二十年
我做了最残酷的纪念
与过往做了无情的决断
与你就这样从未见面
我把自己所有的悲伤
所有的不甘　所有的缠绵

都深埋在寂无人声的黑暗

二十年　就这样过了二十年
我的心早已伤残
我的情早已搁浅
我的梦早已冰寒
我的热烈的爱早已深度入眠
可是　你知道吗
就在不经意间
就在不愿触碰往怀的夜晚
我总无力救赎　心把你怀念
我总想在秋天　在秋风中
把自己的心交给那惨痛的留恋

往事成风
你我无从相见
我依然记得
我们曾经的浪漫
今天　这个夜晚
我漂泊的心
依偎在那梦中的港湾
港湾中有你为我竖立的桅杆
还有我至死不悔的誓言

郑丽丽诗辑

郑丽丽，福建古田人，现定居台湾新北市，曾经在《中国现代诗歌文化传媒》等发表多首诗歌作品 。

恋 思

白茫茫的沙滩
为你我留下浪漫的脚印
湛蓝湛蓝的海
用海浪把我们追逐
杨柳垂青的湖畔
有我们驻足的深情
湖水用波光粼粼的涟漪
把我们的身影捕捉
它是羡慕我们的情

明亮的月儿
拍下我们心跳的牵手
高挂的星辰眨着眼睛
偷窥你我羞涩的拥吻
她是羡慕我们的爱

周遭你我熟悉的环境
为你我留下那么多爱的见证
今晚明月依旧
人儿呢
风儿转载着我的思念
飘向
爱的梦乡

陈哲诗辑

陈哲,毛泽东文学院十六期学员,《潮音》杂志社副主编,《新湘乡》杂志专栏作家。湖南省作协会员,湖南省诗词协会会员。

祭奠誓言

感情
走了一圈　又回到原点
把回忆折成船
在水中
反复寻找　对岸
记忆的埂上
花　写满枯萎
一千次的转身
将痴　酿成了蜜
涂在爱的伤口
誓言
被秋风带走　冬雪埋藏
夜幕下
一帘心绪　如风飘飞
我在风里不倦地觅寻
伴夜色　祭奠心坟

徐玉华诗辑

徐玉华,笔名徐瑜,网名沙鸥、平安是福。江苏淮安人,出版诗歌散文集《天地一沙鸥》等,现为国内多家刊物和文学网站自由撰稿人。

爱你在心里

自从认识了你
那份心跳的感觉
总是那么的甜蜜
时刻把你藏在心里
成为今生最美的遇见
纷乱了我平静的情绪
总是那么难以理清
你不经意的一个回眸
与甜甜的笑靥
哪怕是一个转身的背影
总能使我深深牢记
激荡起我心的涟漪
去一往情深怀念到永远
不论你知与不知
我总如痴如醉地爱你
而去把你的美丽回忆
每当寂寞的夜晚
常常习惯地打开窗子
遥望那浩瀚的星空
只有一颗颗明亮的星星
才能真正读懂我
此时对你的无限思念

谢雁飞诗辑

谢雁飞,湛江市徐闻人,作品《远行》《帆》参加全国诗歌散文比赛荣获三等奖,其中《远行》被刊登于《青春的恋歌》。

望眼欲穿

因挥不掉
夕阳洒下的思绪
屋子
牵挂成一座幽荫的山

整个山谷中
唯有一个不带枪的猎人
看薄雾萦绕处
那里已是烟蒂成灰
成灰　为何不化成小花鹿

长了翅膀的小花鹿
会找到依傍的参天树吗
挂在枝头的望眼
都已疲倦了
风啊　莫来
不回　哪怕她永远不回
敲屋子的门

温润诗辑

温润,本名侯亚萍,女,河北人,首届全国"最美军嫂",社会爱心人士,在中学时代就发表了《哭了,笑了》等多篇作品。

我的你

嘴角上扬的微笑
暖暖的,让人心跳
心里隐藏的忧伤
只有自己明了
骨子里流淌的倔强
让我不敢回头望
你是我今生执着的伤
有谁能懂得我心所向

你幸福吗
你快乐吗
你是不是又想念我了

为什么当初要远嫁他乡
是故意要伤害我吗
代价太大了
我的傻瓜
既伤了你也害了我
何必要作茧自缚呢

我的爱
还会回来吗
我还在痴痴地等
你感觉到了吗
这首诗歌是我的心
你读懂了吗

天不老爱不止
地不荒情不移
你不来，我
又怎能老去

一直在原地等着你
我的知心
我的爱妮
我的你

晓松诗辑

晓松，本名毕美松，出生于1967年6月，安徽省嘉山县人，现改名为安徽省明光市。于2016年开始学习文学创作，其中创作了《我怎了》《我的家乡》《延续》《别再叫我宝贝》《谎话》等作品。

错的时间遇见你

在桃花渡的酒吧第一次遇见了你，
那天晚上下着小雨。
整个酒吧都在喧嚣，
只有你安静地坐在那里。

朋友不经意介绍让我认识了你，
你端着红酒杯走到了我这里，
浅浅一笑说 cheers，
为了我们今晚的相遇。

那晚我们聊得很开心，
直到酒吧里的人已散尽。
我想开车送你回去，
你撑着雨伞对我说：
我想和你散步品味雨中夜景。

回到家中，很想打电话给你，
你漂亮的脸庞和淡淡忧伤的模样，
让我久久不能平静。
快到凌晨时候，收到了你发来的微信：
晚安，早点休息。
短短的问候话语，
让我心花怒放，情不自禁。

故事就这样开始把我们彼此拉近，
每次在一起，
你总是小心翼翼问起：

为什么会在错的时间遇见了你?
你的出现让我无法抗拒,
你愿不愿意为我挡风遮雨?
而我无言以对,
只能责备自己当初自私的决定。

分手的那天也下着小雨,
我们坐在挑花渡的酒吧里默默无语。
望着你哭红的眼睛和伤感的表情,
再见,这两个字,
不忍心从我的口中说起,
只希望时间永远定格在这里。
过了许久,还是你用沙哑的
声音打破了寂静。
我们从这里相识,在这里结束,
如果有来生我还愿意和你再相聚。

分离时想最后一次送你,
你扔掉手中的雨伞
含着泪在我的耳边轻轻说:
再见了,就让这小雨淋湿掉
我们所有的感情。
今天又下起了小雨,
不自不觉又到了
桃花渡的酒吧里。
望着这里熟悉的一切,
只是再也寻不见你的身影。
酒吧里的歌手在演艺着
我们喜欢的歌曲
如果有来生,
我们一定再相聚。

程志慧诗辑

程志慧,中专毕业,内蒙古通辽人,喜欢和文字相伴,用诗词记录心情。

一生一世一双人

一生一世一双人
这一生我为书童
你为王子
相遇深宅书院
你风华正茂
眉宇脉脉含情
我额间痣为你红

一生一世一双人
你绿藤绕指守候日出
我看日暮
递一封信笺
藏一世留恋
不畏浮云遮望眼

一生一世一双人
你骑白驹过河
我掌灯、递鞭、衣衫
晓风寒枕边念
大漠慢慢
时卷脚印伴风寒

一生一世一双人
声声慢
回眸一笑百媚添
递书简
为君念
不愿长风天赐缘

一生一世一双人
拨灯研磨
月圆纱窗前
望星空
一生叹
抽刀断水水更流

一生一世雨花溅
长河落日圆
秋草黄四季卷
阳光捆进莲花瓣
一坡红豆
入君相思案

一生一世传书简
青春蓝长眉挽
同窗情怀
一世缘
不异潮汐披晚霞
同渡橘红舞翩翩

一生一世一双人
双鬓如霜
大雁南飞添诗行
忆青丝流年
一身袈裟
悲白发

一生一世一双人
愿为雪山一株莲
听禅恋一世
你为袈裟
行古道远山
我小径依依盘做莲花台
……

乐夫诗辑

乐夫，本名张高峰，1963 年出生，教育产业公司常务副总，20 世纪 80 年代开始写诗。

夏　夜

剪一张圆圆的月亮
去寻找那个夏夜

草坪上
感情被晒得皱巴巴的
而挂在树上的思绪
也在成熟后
被人盗走了

据说
乱盗园林果物要罚款的
而我是
因为没有钱

可你总是笑眯眯的
唉
那个弯曲的身影
那个诗人的星期天
到哪里去了
月亮挂在树上
很沉很沉
掉下去可不好
下面是
一块潮湿的布
一张烫平的湖

周翠明诗辑

周翠明，笔名星斗，湖北随州人，现居广东中山，《华夏思归客》诗词学会特约作家。作品有 300 多篇已发表在《楚天都市报》《编钟之声》等刊物上。

流星雨

一声断鸿
震醒寂寥的夜空
划破苍穹
迢迢牵牛星
淘不尽千年的泪痕

笙歌转杳冥
我看见一片哭泣的星星
飞逝成陨……

三生三世
为你许下的诺言
恍惚间
似暴雨倾盆

心路横亘
相思的骨骼
夜幕下
拔节声声……

梅朵玛诗辑

梅朵玛，本名周丽娟，1969年4月16日生，经历过国企转制，失业，创业，丰富的人生经历，沉积出无数美丽的诗行，散见于各文学杂志。

迟来的客

生命轨迹莫名
不知道走向哪里
不知道下一个路口
有多少人来人往
不经意凝视那一刻
心跳怦然
爱情忽然出现在面前
想拥抱它
却不敢向前
无奈的生活
无奈的我
无尽的茫然空落
赶不走旧梦
眼睁睁地看着幸福
从指尖沙沙滑落
心一瞬间冷
血滴散落
怦然一地冰花
化成眼泪
九曲回肠般的无奈流入岁月长河
爱情海远得看不见
急匆匆赶上末班船
却是迟来的客

澌玥诗辑

　　澌玥，本名张俊敏，襄阳人，现定居珠海。热爱书法、诗歌、舞蹈，现任全国名人书画艺术联合会委员，书法作品曾获得文化部"文化精英杯·最具艺术表现奖 "。

风漫的吻

断续的曲子，弥漫满屋
今夜的寒风轻轻触动
我的城悄然地盛开一朵梅花

你在彼岸，披着情绪的幽香
我在此岸，拨弄那些凌乱的诗行
你耳语似的情思
软化了即将飘雪的季节
我的心里，一轮明月当空

点缀着鱼鳞的锦
梦幻着一个天国般的花影

一瓣月明，那张朦胧的图画
牵丝着一缕朦胧的美和迷惑
沉在心底，永不抹灭的痕迹
乱了心绪

透彻的寂寞
你怎忍听冷风敲窗
叹息似的怅然
像烟，飘荡在我眼前

我的眸光里，分明地看到了
你，玉手凄凉，花容忧伤
独对着那缥缈的诗境

心，在冬风中旋转

虚幻着分唇启齿
吐露一树芳香
我的唇深深地印上
温柔而又迷炫

一种风丝袅冉的浪漫
十种桃花流水的迷澜
百种杨梅醉心的清甜
千种鸟鸣翠柳的柔婉
万种风情绕月的弦弹

焚化了江枫渔火的孤独
点燃了夕落西山的绚丽

我迷恋地滴下一滴滚烫的泪
在你多情的唇边缠绵

火焰般的温暖
在一缕月边留念
我的心沉沦在如花的风漫

散乱的鬓发，灿烂的笑
痒痒的甜蜜，在闪光的贝齿里溢香
难忘，那段黑发甩下的销魂时分

窗外的风影拽过一笔画
在微笑中渐斜……

秋意诗辑

秋意，作品散见于各网络平台，追求用文字传意传神，不无病呻吟，用优美自然而又跳跃神秘的文字来映照生活情感的方方面面。

爱之意

问询苍天
千年困惑
爱的定义
搜遍了五湖
寻遍了四海
难定其意

只是依旧
你的眼里
片片怜惜凝视的眷恋

只是依旧
你托月光为我盖被
你随星星伴我入眠

有你的日子
与明月做伴
与清风同吟

有你的日子
与碧波追逐
与湖水诉心

风轻云淡的日子
我们笑看鸳鸯戏水
醉赏柳叶风情摇曳

冰冻寒心的日子

你掌心的温暖
融化了我冻住的泪滴

云彩
为我们谱写天涯情歌

碧波
为我们奏响百年好合

红烛莹莹的闪烁里
凝聚着
爱恋窒息的时光

夜莺清风的飘舞里
隐约着
爱意徐徐地绽放

舍不得
这波光粼粼的湖水
我用手心捧起
轻轻带回家
湖水里
我们依偎相拥的倒影

这个爱意芬芳的季节
让我们把
所有的情话
绵绵续完
把所有的思恋
定格心田

侯琳之诗辑

侯琳之，笔名白水梅，作品散见于《日月》《焦作日报》《焦作晚报》《辽河诗刊》《武陟经济》《青年导报》等。焦作市作家协会会员。

独 白

风儿，带着诚意
邀我去南方流浪
它说，那里有雨巷、青石板
还有油纸伞下的艳遇
尽管我有浪迹天涯的梦想
我依然不会被风蛊惑
因为，你在北方
我的心，早已定准了飞翔的方向

满天繁星眨眼，向我套近乎
我只记得一颗——启明星
你说，你是那颗星转世
想你的时候告诉它，就会心有灵犀
今夜，我把泼墨的思念
凝成二泉映月般缠绵悱恻的告白
启明星在聆听，整个天空都在聆听
亲爱，你可曾收到

那三个字，我不能说出口
它们在我体内，澎湃成一条江河
我怕一出口，那汹涌的波涛
就会把你淹没
我想建一座心灵的闸门
关住这一泓碧波
让爱，释放成潺潺清泉
浇灌爱情之花，从韶华到白首

万星诗辑

万星,笔名秋雨觉晓,1985年出生,湖南常德人,爱好诗词、音乐、旅游。

相思如风

我若相思
待你风尘而至便可而止
无奈这细白时光啊
流年光影
来不及细赏
你便已归去

一滴幽澜入梦
温润了满腹的苦楚
将这斑驳已久的红尘
染上了一丝执念
挥之不去

旧梦新覆
依然如初逢时般倾慕
只是岁月的浅薄
厚重了如风的年华
不再轻浮

花落无声
一夜便覆了层林
究竟是怎样的一场等待
生生将这满树的芳华
悉数凋零

拾起满地叹息
揉进盈盈的月光里
张望着
风来的入口
怕错过
你徐徐归来

三月丫头诗辑

三月丫头，本名徐晓伟，有作品发表于《群岛》《小小说大世界》《盐城亭湖报》等。诗歌在小金凤凰杯全国闪小说临屏赛中获金神笔奖，在宝森杯全国闪小说大赛中获二等奖。

错 爱

窗外的雨
滴滴答答地下
你似雨中
湿漉漉的石碾
一轮又一轮
在我心上碾过

恍惚间
簇新的书页割破
纤细的兰花指
你或许不信
这无声无息的伤
殷红的血
滴落在我胸口
旋即晕染出一朵
妖娆的罂粟

你的毒
深入骨髓
见一次
深一重
不知怎样才能扑灭
你火热的爱
像歌手面对灯光
你的万千柔情
让我无处闪躲

这一场命定的浩劫
我盛装出席
赴一场烟花般
华丽绚烂的约会
曲终
灯灭
人散
徒留一地狼藉
触目惊心
绽放后的凋零
破碎的残骸

谁来告诉我
如何才能躲过
这错过季节的爱情

廖配春诗辑

廖配春，女，1965年生，1985年中专卫校毕业，从事医疗工作。2002年伊始有诗歌、散文散发于多种刊物。

沉浸多年的情

翻开昨天那一页
细细梳理
柔软的心房
慢慢闻一抹眷恋
相册里有你灿烂的笑容

笔记里你为我写的
若是寻觅你爱我的印迹
会有很多
一束鲜花
一个拥抱
一封封情意绵绵的情书

浅浅的时光
温柔的声音
爱的词语一次次在
耳畔回响

恍惚间
我与你又在那
家乡的小桥流水处
漫步流年

总会忆起
那时的你我
身心轻盈
柔情与欢歌
房前房后

洒满了
我们的欢声笑语
和爱的涟漪

无论时光多少年
还是岁月流逝
那一份纯真的美好
我会将它珍藏成
岁月里的永恒
曾经你给
我的爱和温暖

那个年代
各有家庭阻力
你离我远去
我追着风的足迹
满世界喊你
默默地送上我的祝福

也许有一天
你在命运的转折处摔倒
我会不离不弃
陪着你一路
温情地走下去
用一生的时间
演绎爱的真谛

张明霞诗辑

张明霞，四川泸州人，在浙江余姚民工学校任教。喜欢文字、旗袍，喜欢静静地发呆。

爱的愁眸

前世是一股清泉
那眼眸才那么明亮
你是忘川河的水
盛满了满眼的离愁
那一旺溪泪是千年追逐
让你在十里桃林徘徊，搜索
天涯的尽头，湛蓝的海
是你的眼，那是百转千回的苦
一眼离愁，碎满心头
一眼离愁，溢满四季
一眼离愁，晕染了冬梅嫣红
一眼离愁，吟唱了弯弯清月

前世是一股清泉
那眼眸才那么明亮
你是忘川河的水
盛满了满眼的离愁
那一滴溪泪，是千年追逐
让你在十里桃林徘徊的搜索
天涯的尽头，湛蓝的海
是你的眼，那是百转千回的苦
一泓离愁
碎满心头，望尽天涯路

一池离愁，碧波微动
残荷遮阳，雨散云收恨悠悠

骆攀诗辑

骆攀，1998年就读于西南政法大学，从小受父亲的熏陶喜爱文学，读书期间参加过文学社的活动，初中、高中、大学都曾参加过文学创作比赛与投稿。

一句话

一句的初衷，
我藏在心里二十年。
人生充满变数，
挥手的车站，
承载了满满的祝福与希冀！
滚滚红尘，
沧海一粟，
怎能只做时光的过客！
想念列车初遇的驿动，
怀念校园纯洁的相遇，
你清秀的模样，
倔强的性格，
一一都融入我生命的血脉。
花城伊春，
缕缕的雨丝宛如你摇曳在风中的发丝。
时光匆匆，
惦念没有褪色。
每一次回首，
心都好痛好痛。
等我们长大了，
却抓不住走进心里的人！
清宵梦寒，
谁才是这辈子最牵挂的人？
屋檐落下的水珠，
在石头上声声敲打着——
她的名字。

孙国仙诗辑

孙国仙，江苏阜宁人氏。商业会审毕业却酷爱文学，发表一些小说杂文。

最美好的曾经

如果我有超人的一半功力
时光一定能转回某一小段
合肥的春末与艳红的落霞
一定会重现在你我的身后
依偎着慢行
我们迎着晚归的人流
光线渐暗中的眸子清明而木讷
情戏的上演旁若无人
也曾照样惊呆路人甲过客丁

如果，如果主角们入戏不曾过深
时至今日彼此心底最深处
缺憾一定不再会是另一种美好
回味的甘苦，如同茶几上散落的酸枣核
八卦状排列成我夜半三更的镀金钟摆
滴答滴答，敲乱我波澜不惊的日子
岁月是身后的石子路
粒粒珠玑，颗颗饱满

正如此刻，遥忆彼时
月光的网里你我可有共鸣

宋月儿诗辑

宋月儿，网名心雨 syr，曾在《西江文学》《思归客文学》《书香门楣文学》等发表多首诗歌。

一场大雨

一道闪电划破天空
轰轰的雷声震耳欲聋
瓢盆大雨倾泻而下
天空一片灰蒙蒙
那屋檐下的雨滴叮叮咚咚
风在雨中低声怒吼
枯枝败叶碎了一地
叽叽喳喳的鸟儿都一去无踪
一场大雨下的欢快淋漓
让我感到了前所未有的孤寂
穿过阵阵雨雾
脑海里忆起了旧时的你
那时候也是这样的一场大雨
你一路追寻着我的踪迹
任凭风吹雨打
伞下是你满脸的焦虑
谁能知道人生就像一场戏
转身就错过了太多朝朝暮夕
青春好似花蕊
雨过风晴落红满地
岁月流逝
许多坎坷已难再追忆
甩甩头，过去的已成过去
青春岁月总会让人那么不在意，不在意

王辉诗辑

王辉，生于 1963 年，蒙萌文学社创始人。现为中华诗词协会会员，哈尔滨诗词协会会员，哈尔滨市作家协会会员，巴彦县作家协会理事。在《西北作家》《大西北诗人》《诗词月刊》等刊物上发表作品多篇。

宿　缘

就是那一回眸的顾盼
成就你我今生的良缘
枉为那场虚幻
苦苦寻觅了几千年

襄王旧梦　早化做
巫山飘逸的云影
望帝春心　已托付
日夜啼哭的杜鹃

既然不能在昨日的湘竹上
找回记忆的斑斑点点
我的心愿做你
永远栖息的后花园

每块石头　都在诉说沧海桑田
每朵玫瑰都拉近　都是永恒的主题会展
实在的牵手可否再度
演绎成茶余饭后的美谈
即使没有终点
这一路风雨阳光
也同我们一起
拥有过难忘的昨天

李跻诗辑

　　李跻，宁夏西吉人，出生于20世纪70年代，文学爱好者，作品散见于《风沙诗刊》《西北作家》《永宁文艺》等刊物，部分作品入选《2017网络诗歌精品工程集》《新诗百年·中国当代诗人佳作选》《中国当代真情诗典》等文集。

走在爱的单行道上

无须多言
挚爱
又怎堪打扰
在你清静的湖面
不忍丢入一颗砂石
让光阴的小溪平缓地流淌
让思念腐烂在心的河床
你若懂我
就不必解释
你若弃我
解释也是多余
心有灵犀
回眸处无须挥手
一个眼神足够
凝望
是你优雅的转身
许愿
愿你花开富贵
蜜一样的笑容
我无从嫉恨
即使你一路顺风
我仍以春风相送
爱你
有如爱我自己
你是冰山之莲
不落尘俗
爱的就是自由

日月并行
亦无法相遇
更无法挽留
爱的本真
就是彼此照亮
谁也不愿看到对方沦落
活好各自
就是对过去最好的纪念
感谢你将美好驻留我心
我也自你心田路过
因曾有过
才会负气至沉默
岁月不肯回头
我亦未改初衷
你的幸福
我加倍祝福
你入我诗
已经足够
三个字的问候
是我所有的情怀
倘若有一天
日食和月食不可避免
希望你站在云后
不要让天狗看见
在云下
我走在爱的单行道上

佛左我右诗辑

佛左我右，本名李继明，1985年入伍（安徽省军区），1987—1988年被部队送到安徽省诗歌报学习。作品在《诗歌报》《南京军区前线报》《安徽青年报》等刊物发表。

只做你一个人的诗人

日子慢慢逝去
风景更换岁月的容颜
你一直在我左右
不停为我擦亮
每一个新的黎明
从未疲倦

深夜
被残梦触痛
许多年少的面孔
从梦的旁边闪过
熟悉的模样
模糊的名字
如电影胶片
年份陈旧

只有你
在我的诗里
清新脱俗
随意进出
诗不老
你怎敢言弃
让你活在我的诗里
是我今生
对你无限的爱怜

我只做你一个人

心灵里的
诗人
用我满满的深情
让你枕着我的歌声
诗的翅膀
陪你越过岁月
和远方

顾君熠诗辑

顾君熠，福建省作家协会会员，福建省龙岩市新罗区作协秘书长，作品入选 2006 年度由中国文联主编的《中华诗歌年选》。部分诗作被《中国当代作家代表作陈列馆》收录。

今夜，我好想梦在你的梦里

今夜，我好想梦在你的梦里
那样我就可以穿越
灵魂深处那赤橙黄绿青蓝紫的思念
抵达你眉眼里
那已痴等了千年的江南

你知道吗
我好想执子之手
邀君在九千九百朵的春天
共舞翩跹

今夜，我好想梦在你的梦里
在你静美清风的衣袖里
盼望着
能与你执手红尘
那束最暖的烟火
盼望着
能与你同老在
月光下那最芬芳的丁香花上

你知道吗
你是我今生行走的路上
最诗意的风景
在这风景里我愿意静静的想念
即使天涯纵然来世
我的心依然如诗般的痴

马英诗辑

马英，北美古典诗词文学研究院院士，有多篇作品入选《世界诗歌文学》《中国诗歌名家》《中国散文名家》等书。

夏天的心

照着世界的声音
我在梦里扮演第二个人
舀起水晶般的光线
祈祷夏夜的风
吹过你的心

生命已经到了尽头
我只是你梦里的蒲公英
飘如羽，落如尘
在这寂寞的人间
无言也销魂

那落在花瓶里的爱情
和望不透的五月
是你破碎的心
这时候
夏天的伤痕
不敢想起我们

薛玉林诗辑

薛玉林，江苏省作家协会会员，中国诗词协会会员，作品散见于《大众文学》《诗选刊》《中国新诗》等刊物及文学选本，曾获《长江文艺》刊庆 50 周年"长江杯"文学作品大赛优秀奖和中国诗歌学会"我们与你在一起"大型公益活动 2017 年度优秀作品奖。

你是我梦中的雨

往事如雨　点点滴滴
故事　在一本本日记里
伤痛而又甜蜜的回味
湿了流年的记忆

思念与怀念酿制的酒
常常把我的梦境浇得烂醉
无数个寂寥的夜
总是　被多情的雨
砸得稀里哗啦

有时　我也曾问自己
这俗世中　有谁能帮我
以多情的雨作为封签
尘封了这坛烈如火焰的酒
好让我　静静地
等候你的归来

武淑贞诗辑

武淑贞，生于内蒙古，喜欢文学，喜欢用文字记录点点滴滴。

听说你要来

听说你要来
当把娥眉轻描
当把细粉扑面
当把素唇涂丹
当把青丝绾盘
置上古韵华袍

听说你要来
当把诗词吟诵
当把山水绘满
当把琵琶启弹
当把棋盘摆安
置时光成
你喜欢的安暖

听说你要来
不知这样可行
能否博你
一生柔情
一世欢颜
置浮华一边
从此清清淡淡

姚万财诗辑

姚万财，男，汉族，生于1965年8月，内蒙古察右中旗人。内蒙古乌兰察布市作家协会会员，乌兰察布市诗词学会会员。1986年开始在《乌兰察布日报》《党的教育》陆续发表文章。2017年伊始写诗，在《北方周末报》等刊物陆续发表诗歌近百首。

十八岁的春天好温柔

三十六年始知愁
寻你的路哟，不知该怎走
自从当年挥挥手
音信全无，梦里难留

十八岁的春天好温柔
风也轻轻，笑也从容
手牵着手，心依着心
那山那水都是情

好景不长好事难成双
手没拉够话也没说透
那么懵懂，那么匆匆
你成了新娘，我去流浪

弹指一挥已白头
天各两方可知愁
没了相遇，没了相送
十里百里皆成空

再相见，晚风熏得痴心醉
细端详，还有儿时样
红红的脸庞洒满笑
胜似女儿娇，心潮逐浪高

今生缘分前世情

说不清，道不明
离别时刻又回头
泪也悠悠，恨也悠悠

张华诗辑

张华,笔名一抹孤岚,1977年生育四川巴中,现居汉中,酷爱诗词,已创作诗词5000余首,作品获2018年中华诗词大赛一等奖。

情 人

什么样的气氛
才能凸现温馨
你总是拟于不伦
笑我太笨
可是你从来不问这呆滞的表情
是对谁一往情深

无须在乎名称
爱你才是根本
别以为我会消沉
就此停顿
不管可不可能能不能在支撑
面对你无限抱恨

如果爱有了断层
不要劝我回程
不是我不信任
不是我故作深沉
怎么忍心让你为了我伤神
我会心疼
我的情人

朱冬石诗辑

　　朱冬石，湖北省通山县人，先后有近300首诗歌发表在《人民日报》《湖北日报》《长江文艺》《农民日报》《飞天》《中国诗歌报》《芳草》《知音》《咸宁日报》等刊物上。

水滴石

如果你真心爱我
就要选准爱的角度
只要那一滴滴的爱
——永不断线
只要那一缕缕的情
——天长地久
总有一天
你会感化我
会看到我的脸上
绽开笑的花朵

记住
你不要拐弯抹角
拐弯抹角地涌向我
铺天盖地向我
那会将我淹没
如果爱得太深太急
还会出现漩涡
那你一腔的心血
就会白流

白丁诗辑

白丁，本名丁贞田，安徽巢湖人。喜欢文学诗歌，热爱社会公益。常以诗表达情绪，抒发感情。

相 识

风摇曳着满满的眷恋，
将多少美丽的梦想珍藏，
静静地为秋织下金黄的锦缎。

雨滋润着饥渴的心，
是对你的不舍，
还是对明天的期盼。

相识在那个云淡风轻的秋天，
你那一颦一笑，
悄悄走进我的心田！

人生若只如初见，
依稀记得你那质朴的脸，
还有美丽的哀怨。
多少次我在梦里呼唤，
如果你愿意，
我们一起去看自由的天！

谌春香诗辑

谌春香,女,中学高级教师,市级学科带头人,海峡两岸新语文研讨活动特邀评委。致力于科研兴教,五个课题获奖,发表30多篇作品。

当爱来临

那一天
暗送秋波心荡漾
爱如潮水亦疯狂
情似着火的老房
意在眼眸绽放光芒
恋似山水相看美好
一如巅树全是念想

那一年
脸上微笑心情别样
眼中常噙幸福泪光
只因心里住着小芳
林荫执手移步羊肠
轻舟曼舞对歌欢唱
霓虹灯下河畔柳影
青草悠悠意欲飞翔
梦里寻她宛在水中央
思兮念兮
一日不见如隔三月兮

那一夜
屋檐鸟巢燕语呢喃
憧憬未来鹳雀欢畅
廊坊鹦鹉演奏恋歌
烛影缠绵闺房芳香
罗密欧的情曲悠扬
从此灵魂不再飘荡

卞祖祥诗辑

卞祖祥，笔名雨子，江苏扬州人。中学高级教师，扬州市中学语文学科带头人，邗江区作协会员。现供职于广陵区头桥中学，任党总支副书记。

如果有一天，我们相爱了

如果有一天，我们相爱了
我带你去看海
我们徜徉水滩
沐浴着自由的空气
和绿色的风
把所有的忧愁埋进沙地

我驾驶帆船
带你去追赶太阳
捉一片灿烂的光
给你做新婚的唇彩

深夜，我们住进海里
听奔腾的浪
数闪烁的星

如果有一天，我们相爱了
我带你去登山
我们跋涉险途
欣赏清脆的鸟鸣
和醉人的景
把所有的烦恼抛入深谷

我砍伐荆棘
带你去登临绝顶
摘一颗明亮的星
给你做新婚的耳环

深夜,我们住进玻璃房子
看沸腾的雨
读温暖的云

如果有一天,我们相爱了
我带你去飞天
我们闲游宇宙
抚摸繁密的星
和流动的云
把所有的痛苦撒向九霄之外

我骑着牛儿
带你去遨游苍穹
采一朵绚丽的云
给你做新婚的头花

深夜,我们住进月宫
饮甘甜的露
跳柔软的舞

我们深爱着大海、高山和蓝天
这里没有吸血的蚊虫
没有扭曲攀爬的藤植
没有战火
没有纷争
一切都很宁静

我们认真创造未来
我们生一群不同肤色的孩子
我拥有了你
就拥有了整个世界

第七辑 当代明星诗人代表作

梁继权诗辑

梁继权，笔名凉亭，诗歌作品入选多部选集。通讯报道及文学作品散见于《人民日报》《宁夏日报》《雪国文学》等。

老娘站在小村口

三回了
俺不舍地回头瞅一瞅
只见老娘亲呀
还是站在小村口
小村口

远远看过去
娘的身板还算直
但步履已是慢行走
这次回家见到老娘呀
她脸上的皱纹多许多
岁月刻下了条条小壕沟
原来的青丝
根根白发爬上头
你看她
老茧长满了一双手
拉起来
扎得儿心一阵揪
滚烫的泪水出眼眶
衣襟被打湿
乡愁被浇透
老娘亲啊
亲娘柔
曾经的丽质和春光

随着无情的岁月溜
点点滴滴渗入儿心田
顺着热血流
视野里
老娘依然站在小村口
小村口
记得那年冬季里
俺要参军离家走
娘也随上送行的队伍
兴高采烈地扭一扭
缓步上
碎步走
一会仰视
一会转身就
脸上的喜和悦呀
像绽放的花朵脸颊露
话是说回来
俺是头次离开家
亲娘怎舍心头肉
饱含别离的泪水呀
衣襟也难留
还笑不滋的
送俺紧跟身左右
直到送行的人群已经散
喧天的锣鼓已回收
俺都走得老远老远了
回头又来瞅一瞅
亲娘呆呆地
站在小村口
小村口
多年后
又聚首
衣锦探亲正盛秋
瓜果蔬菜
红石榴
黄棒子
大葱头
水稻翻金浪呦
棵棵片片全成熟
过去的家乡十年有九旱

稻菽常歉收
晴天一身土
雨季家屋漏
太阳底下的扬尘胆贼肥
村里的胡同条条瘦
如今家园变了样
新房排成队
小道拓宽修
脚下铺就了柏油路
家人住上了小洋楼
就在前不久
老娘接了电话后
早早出了门
高高兴兴地来迎候
老远俺看见
娘亲踮起脚
远远把俺瞅
缓步朝前走
你看她
脚蹬黑皮鞋
头扎麻花鬏
身穿青花衣
袖边花小绣
卷发头
飞红口
笑开花
乐不够
俺大步跑上前
抓住老娘手
同时间
老娘上下打量把儿瞅
俺顺势弯下腰
叫娘看个够
万分激动的俺，
起身就把亲娘搂
进了屋
呵
大桌的酒菜
全都入眼眸
娘的味道

闻不够
白洋淀的鱼虾真美味
儿时记忆没有丢
小鱼炖咸菜
棒子面的饼子香气透
切开的咸鸭蛋
个个渗出油
小炒一盘又一碟
还有冒着热气的大片藕
熟悉的香味哟
任性飘进心里头
亲朋好友来聚会
畅叙同乐在金秋
举起杯
喝个够
六六六呀
五魁首
杯碰声声响
不醉不罢休
相聚虽短暂
忠孝两难收
归队的日子已来临
俺又要离家赶路走
老娘怎舍儿
拉紧俺的手
依依不舍随出门
再次送儿送到小村口
小村口

离开家的前一天
老娘又嘱咐
新词新调喋不休
话说说到日头落
声笑笑到福满楼
当兵就得舍家保卫国
紧盯和平不松手
但是
南海的风云依然在
东海的鬼子觊觎偷
要想祖国安宁民富起

351

就得把住国门不失守
落后的帽子甩掉了
看我中华醒狮吼
俺不忍打断亲娘话
还把话说出口
娘啊你要多保重
趁着身板还算行
外出走一走
饱览人间景
摘它个月亮瞅一瞅
适时走出家门去
搭上高铁旅旅游
阳光底下补补钙
争取活过九十九
儿子还会让娘在家院
常听家、国
梧桐树上的喜鹊叫枝头
车已跑远了
俺再次张望小村口
只见俺老娘哟
还是站在小村口
小村口

张顺林诗辑

张顺林，生于安徽省马鞍山市，现供职于市级党报，业余爱好文学写作，作品散见于《安徽日报》《安徽青年报》《作家天地》《马鞍山日报》及中国诗歌网等，小说《山坡上有一棵弯弯的杏树》入围"首届张謇文学奖"，另有诗作入选《中国实力诗人诗选2017》。

触摸竹海

何年，何月，何日
一声春雷，万物苏醒
九龙护航
你坐着闪电，来到人间
扎根泥土
开始耕作童话般的传说

这里，原本是一片荒芜
因为，你的出现
没有星月，没有阳光
默默驰骋的足迹，洒满了山坡
才有了生息
你用整个身躯化作云梯、担当
不算太久
五个年轮孕育出坚强
迎着狂风，诞生在雨中
你用笋衣换来一个又一个
生命的延续
永远写在母爱里
岁月，一天天圆缺
一片竹叶
挑起了春夏秋冬

一份坚信
感动了整座大山
万亩竹海，圆了你的梦幻

秋风，一阵阵冷暖
站在山顶上
触摸你的头发，已经发黄
沧桑的脸庞
如果不是皱纹
怎知道你的辛酸

日子，一个个昼夜
千年的执着，盼来奇迹
竹枝牵着绣娘
终于织成天然氧吧
于是，生命里
又多了一片绿色

黄祥贵诗辑

　　黄祥贵，男，1960年8月出生。爱好诗歌30余载，有诗散见于《洞庭湖》《北极光》《太白诗刊》《马鞍山日报》《工运杂志》等。现供职于安徽马鞍山市向山镇政府，任党总支书记，工会主席。

石臼湖的小船

小船
如秋叶一般
落下，就飘飘荡荡

远看，水天一色
鱼鹰久仰雨燕
勾勒一组生活漫画

细品，粼波夹带泥沙
老翁的脸颊
抹不去的皱纹与潇洒

渔家人的梦
似水烟，似鱼跃
顺着长长的撑杆升华

李继育诗辑

李继育，笔名风尚子玉，安徽省诗歌学会会员，作品发表于《安徽工人报》《蚌埠日报》《国际诗选》《作家》等刊物，并获各种奖项和荣誉。

我的故乡站着一条淮河

梦里时常有一种思念
在故乡的水里奔驰
那里站着我的淮河
我在河边的柳树上张望

淮河的水
倒映着钢筋水泥筑起爱情小巢
繁殖着这个城市的荣华昌盛
火车拉出来的一座城
在我的故乡淮河上
闹腾我荒废的想象

故乡的肩膀上
站着一条长长的淮河
那里生长我的童年
一头挑着母亲的想念
一头挑着我的相思
从这头望着那头
在视线上两滴清泪
模糊了几条皱纹
是我在淮河的梦里成长

还是淮河在我的肩膀上游荡
一切的情景再现
都融化在血液里
奔跑在每条神经里

曹然诗辑

曹然，男，四川武胜县人，好群居也喜独处，户外在山水间行脚，室内在案牍前洗心，偶有文字在刊物或者网络闪现。

挽　歌

说什么俏
说什么骚
说什么妖娆
何不把放逐当逍遥

谁都可以永垂千古
谁都可以闻名万年
不过是遗香遗臭
毕竟
哪一秒不是生死的表达呢

谁比谁更高尚
卑鄙者多的是高尚的借口
那些不可言传的秘密
被衣和裳层层包裹
像瓶封的撒旦
只等有因缘的渔夫
到来
莫叹息　前途漫漫
且歌一曲许来生
没有人再关注温度和表情
只知道
红尘失色　黄土依旧
当下就是远方

立勇诗辑

　　立勇，本名肖立勇，重庆城口人，重庆市散文学会会员，重庆新诗学会会员，喜欢用文字记录生活，偶有诗文散见于各种刊物。

八台山

　　艳阳高照，山顶有点凉
　　山风徐来，云雾不受拘束
　　峰顶的山松
　　睁不开媚眼

　　独秀峰穿上婚纱
　　迎亲的山却乘着大轿
　　山花沉醉
　　栈道的长臂，从山垭伸过来
　　轻挑面纱，崖上的"九把香"
　　忘记生长

章新华诗辑

　　章新华，笔名海纳百川，男，1978年9月出生，祖籍江西省南昌市，现定居呼伦贝尔大草原。

军人的风格

军人是不老的青松
深深扎根于泥土

不畏艰难
顽强挺立着
把生命的绿色
无私奉献给大地

军人是傲雪的梅花
在寒冬腊月季节
不畏严寒
迎雪怒放着
把火红的柔情
慷慨地送给人民

军人是初升的太阳
孤独地运行在宇宙
不畏牺牲
熊熊地燃烧自己
把光和热
撒向祖国的角角落落

军人是铮铮铁骨硬汉
当祖国需要的时候
会挺起胸膛勇往直前
军人也有侠骨柔肠
想家的时候
会默默地望着远方

刘冬云诗辑

刘冬云，1975年生于湖南省洞口县竹市镇，因缘际会同先生相识，远嫁台湾，认识了一群同乡姐妹，被她们的坚强、果敢所感动。每个姐妹的故事都大致相同，在历经了一些挫折与失败后，在台湾重新站起来，为家人与孩子努力打拼。

远嫁的姑娘
—— 献给远嫁台湾的姐妹

记忆中的青山
记忆中的小河
像投影般
一页页换过

远嫁的姑娘啊
孤勇地
在陌生的城市里
寻找熟悉的味道
淡水河的悠长
传递不了
恋乡的忧愁

远嫁的姑娘啊
在母亲的惦念里
在阿爸的期盼里
无数惆怅的日子
隔山望海的祈愿
独留夜深人静
那长长的叹息

历史与文化的洪流
无法阻挡
情感的滥觞

在坚毅的包装下
独自泪流
暗地思念

远嫁的姑娘啊
像河堤的杨柳
绿了两岸四季
那远程的奔波
抚平了历史口

远嫁的姑娘
像家乡挑谷的扁担
一肩扛起
风雨与辛酸
路途中收获
独立与坚强
一路走来
无论欢喜
无论悲伤

远嫁的姑娘
遥远美好的回忆里
载了多少的
春夏秋冬
在岁月的轮回中
不会磨灭
和平的向往

滚滚红尘中
淡看尘俗杂事
笑谈两岸前景

李凤彬诗辑

李凤彬，笔名紫东风，男，河北曲周人，爱好写作、打拳，曲周县凤凰书院负责人。

新时代的领路人

正气凛然
高瞻远瞩
勇往直前
您是中国人正义、智慧和勇敢的化身
一心为人民谋幸福
一心为国家谋富强
一心为中华民族谋复兴
您是全体共产党人精神的体现
您
言必行，行必果
十八大五年来
您和党中央
严格执行十八大的方针政策
坚决贯彻五大发展新理念
全面建设小康社会
全面深化改革
全面依法治国
全面从严治党
精准扶贫
青山绿水
一路一带
强军兴军
打虎拍蝇
……

您和党中央
完成了一个又一个惊心动魄的壮举
取得了一个又一个彪炳史册的成就
全国人民都为您点赞
全国人民都把您敬仰
十九大
您代表党中央
宣告中国特色社会主义进入新时代
决胜全面建成小康社会
实现社会主义现代化强国
两个百年目标催人奋进
十四条基本方略
九个战略部署
已在心中笃定
新时代中国特色社会主义思想绽放光芒
照耀着中华民族伟大复兴路上的前进方向
情不自禁地
为您欢呼
为您歌唱
您是中华民族伟大复兴中国梦的开拓者
您是中国特色社会主义新时代的领路人
愿永远追随您和党前行

净谦诗辑

净谦,本名王立超,1981年8月出生于著名女作家萧红的故乡——呼兰。从小受父亲的教育感染和熏陶,酷爱书法和文学,一直在力学践行。

夜是一首芳香的歌

夜
漆黑无眠
歌
荡漾耳边
满天星
像你的眼睛
月光下
追寻你的身影
谁在抚琴
是柳叶沙沙
又闻边鼓
是车笛声声

躲在夜空里
藏在枕头边
想听你的音
感受你的情

如东方的民乐
美的荡漾
又像西乐
回味无穷
夜
你慢慢地黑
我在为你

献上
一首芳香的歌
点缀你你
朦胧寂静的美

吴冰诗辑

吴冰，本名吴凤喜，出生于20世纪60年代，农民作家，做过民办教师、报社编辑记者，已发表诗歌、散文、小说、报告文学等作品10多万字，出版诗集《送你一枚月光》。现为吉林省梅河口市作家协会副秘书长、《北方诗人》杂志主编。

割玉米

最好在月圆之夜
我把刚磨好的镰刀别在腰上
急匆匆赶往我的领地
每一片玉米地都是一座城堡
今夜，我要攻下一座城池
我单枪匹马，兵临城下

望一眼这戒备森严的城堡
内心就充满了无比的激动
这些玉米虽然英姿飒爽，高大威猛
但是它们手无寸铁
一想到这些
我的得意之情就覆盖了
我满脸的沧桑

我吐了两口唾沫
挥起雪亮的镰刀，真是寒光闪闪
手起刀落
一棵棵玉米被砍断脚踝
它们来不及发出最后的呻吟
就纷纷横尸于我的脚下
结束了它们短暂而饱经风霜的一生

在刀光剑影之中
我收获着杀敌的快感
不到一个时辰
一座城堡就彻底变成了废墟
打扫完战场,在冷冷的月光之下
我挺立成一株成熟的玉米

黄书平诗辑

黄书平，广东省湛江市徐闻县人，文学爱好者，作品散见于《南粤诗苑》《湛江日报》等。

护航新征程，见证中国梦

历史的列车穿越 2017
金秋的盛会
举世瞩目
富民强国的蓝图在这里绘就
中华民族复兴的梦想在这里升腾
这是一个收获的季节
这是一个承上启下的时代
一个个伟大创举将载入史册
巍巍中华弥漫着成熟的芬芳
历史的列车穿越 2017
新时代，祖国卫士英姿焕发
新征程，人民公安昂首向前
不等品味金秋的喜悦
不用停歇前行的脚步
又踏上护航的新征程
护航在小康之路
护航在强国之道
护航在中华民族腾飞的征程

历史的列车穿越 2017
伟大的中国梦
终会见证
共和国的卫士们
用忠诚铸就的丰碑
用鲜血换来的和平

用汗水换来的和谐
伟大的中国梦
将激励着共和国的卫士们
勇往直前
百折不挠
全心为民书写忠诚

崔春震诗辑

崔春震，笔名雷震子，教育工作者，爱好诗词创作，常以诗记录对人生的思考、情感的极致追求。作品散见于网络及各类刊物。

凤舞九天

我看不见
你却无时不在眼前
绚丽的外衣
五彩而素雅
飞旋的亮羽
明净而悠然
虽只轻摇微晃
却动人心弦
虽相隔万里
仍觉温热拂面
气涌丹田

我不敢仰视
更不忍直视
狂跳的心感受你的高贵
猖獗的欲念触你而灭
周身沐浴你的气息
清澈深邃不见底的目光
沉稳娴静不可测的威仪
敏锐洞明不敢亵渎的超然
你的一张目一吐纳
每一根羽翅的抖颤
都是风云悸动
都令我窒息

你

笑应百姓福禄
坐拥寰宇苍生
居九天不染凡尘
舞三生再续世缘

你
舞动日月风云
舞出气象万千
舞着幸福安宁
舞来天下太平

吴凤久诗辑

吴凤久，一个来自大森林的儿子，喜欢用自己的方式写诗。北安市作家协会会员，在各类刊物及网络平台发文800多篇（首）。现为《布伦山文学》平台主编。

知 音

是谁在呼啸北方的天空
听起来
那不是思念的声音

是谁在流泪淋湿黑土地
看不懂
那不是思念的泪水

无须破译
懂
幸福的滋味

争青诗辑

争青，女，中学教师，爱好文学，酷爱写诗歌、散文、随笔。热爱生活，充满正能量。

夕阳母亲

母亲坐在阳光里
阳光照亮了她
满头银发
清风飘过
岁月的年华
她恬静安祥
忙碌的身影
停歇了
绕耳的叮咛减少了
世间万物的变化
对她毫无影响
她只记得儿女
夕阳西下
她还在那里
痴痴地等待
前缘今生来世的轮回中
我怕我
忘记了她
让她定格在
夕阳里
千万次地
祝福她
福寿绵长

雷田伦诗辑

　　雷田伦，现居四川什邡，什邡市作协副主席。曾在《知音》《星星》《绿风》《四川日报》《当代汉诗》等刊物上发表文学作品。作品收入《国际诗选》《中华名家诗选》《中国当代诗歌精粹》《中国当代实力派诗人诗选》《当代影响力诗人作家文选》等多种选本。已出版诗集《眼睛里的海》《睫毛上的光》《穿透心灵的冰》等四部。

四 月

　　春悄悄移动
　　把四月移到山坡
　　太阳在山林小憩
　　风送去阵阵花香
　　乡村汉子下山去城里
　　把小路搭在肩上
　　油菜花的波浪
　　正在退潮
　　割草的姑娘
　　把春天装进背篓
　　四月的小河
　　淙淙流淌
　　讲述一些含蓄的故事
　　有一条木船上
　　打捞了四月的心事

邬迁移诗辑

邬迁移，湖南邵阳市作协会员，发表诗歌100多首，《素描：十二月的煤》入选《湖南芙蓉年鉴》，小说《遗址》入选《湖南作家精品精选》，诗歌《二月》《父亲》在深圳获奖，《在深圳的早春里听风吹过》入选《深圳青年诗选》《湖南青年诗选》等。

春 天

乍暖还寒的日子，一小抹
绿意露出白皙的手臂
世界多么的安静，不紧不慢的风
吹润了许多稚嫩的脸蛋
一些远道而来的敏感
深入春天的腹地，春心荡漾
燕子，这个撩拨心弦的精灵
剪出一尾燕服，披在
春天羞答答的胴体上
别处的绿，艳羡而又妒忌
一抹微微的红晕掠上
春天的额头

张曲且诗辑

　　张曲且，笔名小楠，彝族，男，四川省凉山州金阳县人，作品入选《凉山日报》及《中国诗歌（最美爱情诗经）》《大西北诗人》《野鸟诗刊》《新诗百年·中国当代诗人佳作选》等，《大西北诗人》签约诗人，中诗网认证诗人。

坚强是生活的理由

从梦中醒来
揉眼擦亮黎明
春雨洒过的山间小路
鸟鸣覆盖
吸着山林清风
心旷神怡

大自然的血液溪水
流入土地母亲的怀里
我深吻大地的气息
轻轻走进田间小园
拥抱种下希望的萌芽

我要日夜兼程在人生路上不停留
洒满月光的夜里
生锈铁打磨成一把亮剑来
哪怕用尽最后一口气

马进思诗辑

马进思，回族，宁夏西吉人，现定居北京昌平区，中学高级教师。工作闲暇之余，喜欢与文字做伴。在各类刊物上发表30多万字的散文、诗歌。

回家的二叔

一张望眼欲穿的车票
在绝望濒临崩溃时
悄无声息地出现
一颗紧张提到嗓门的心
在使劲拍完胸口后
舒出了长长的叹息
让喜悦在整个胸间
无限地扩散
在一张皱纹挤兑的脸上
再次，舒展笑意

租期已到的房间
包箱整齐地码好
几件散发汗渍的衣服
慌乱一团
冒着蒸汽的壶嘴
以一种优美的弧形
掺合水的冷热

破旧的帆布包里
躺着几把大小不一的锤子
一束分不清颜色的细绳
是他全部的当家当
一台崭新的小型切割机
和豁了好几个口子的打磨机
是从老板手中买的大件

山路萦绕的山村
母亲的腿疼是一个长久的难题
儿子的学费
女儿的培训费
还有那几亩让妻子无力耕种的麦田
都让他着急
就连说话的声音
也是一种焦灼的嘶哑

额头滴落的汗珠
轻轻擦去
一块一块古板的地砖
凸显出精美的图案
纵横勾勒
和毫厘不差的平整
让他在称赞中
庆喜自己

一碗泡面淹没了两根香肠
再添加两颗鸡蛋
二两的口杯和剩下的醉花生
是在这个城市
享受的最后晚餐

接到县城新建的楼
还有村主任说搬迁的信息
他知道，回家
已刻不容缓

林立军诗辑

林立军，诗词作家，笔耕不懈，喜欢以文字释放心情，记录时代。

路，伴随我行

人需要漫步行走，
一天的路，
瞬间就让我走过，
一生的路，
确需要我缓慢而行，
因为总会碰到荆棘挡道，
也会遇到彷徨无助失去理智的路人，
我很无奈。
人生的路我走了一大半，
我已体会到了路途的遥远，
领悟到了苍凉和冷漠，
凝重的气氛已不言而喻。
时光的流逝，
见识了岁月的变迁，
需要我谨慎，
前面就会是辉煌，
就是一条康庄大道。
用心去面对
去磨练自己的意志，
才能有所成。
天空如没有星光照耀，
就会黯然无关。
人间如没有温情搀扶，
它会萧萧落木。
人生中需懂得适可而止，
生活中要懂的量力而行。
时不带我，抓住机遇，
坦然面对一切，
下面的路就会指引我前行。

王泉灵诗辑

王泉灵，笔名白鸽，初步诗界，因情而动，为爱而歌，先后在教育、印刷等行业工作。

面对一棵大树

对于叶子
你给了它胸脯
从最初的羞
到通体的绽露
不知叶子
燃烧的温度至极没有

对于地
你给了它床铺
从最初的幼
到根须的丰厚
不知地
接纳了痴迷还是爱抚

对于天
你给了它全部
从最初的木
到高耸的额头
感觉到强劲还是暖流

对于我
你给了我雨露
从风雨的桥头
到冰雪的口埠
不知你
让我起飞还是着陆

罗玉田诗辑

雨天，本名罗玉田，重庆市开县人，现供职四川省井研县委宣传部，作品先后在《四川日报》《星星诗刊》《青年作家》等刊物公开发表。

梦里花开

昨日夜里
我梦见一茬一茬的花开
像故乡飘来的白云朵朵
沁人心扉的清晨
我撕开台历的译文
关于栀子花开的季节

我所说的
事关故乡老宅
老宅那截土墙
矮矮的，护着一株肥硕的栀子
第一朵惺忪睁眼
满枝见异思迁
土墙的小木窗后
我一直
盯着，数着
数着，盯着

那天
你轻轻走过
弯腰掐下一朵
辫子上的皎洁
飘逸着白裙的羞涩
你惴惴不安的回眸
是否撞见

小木窗下的目瞪口呆

你就这么悄悄溜走
徒留老宅旁那株栀子
栀子树上那只维纳斯的手
一直护着树梢的伤口
虽然
花开，少了一朵芬芳
花走，残留一地馨香

花开的季节
我的梦开了一茬又一茬
梦里
故乡的老宅
老宅土墙那株栀子花开
第一朵
我总是
第一读者

尚来笙诗辑

湖北省襄阳作家协会会员，从事诗歌创作十余年，在各类刊物发表诗作 200 余首。

相聚时光

相聚时光如此短暂
如鸟儿掠过枝头
微风吹过湖面
紧握你我的手
朋友啊——
请把这杯美酒喝干

请把这杯美酒喝干
掩埋过去的一切不快
或许未来还有阴霾与坎坷
还有风雨撒落在胸前
朋友啊，为了友谊
请把这杯美酒喝干——
在这美好的时光里
在这相逢的盛宴里

相聚时光如此短暂
我们即将分别
踏上远方迢迢的路
即使天涯海角
我们的友谊将会天长地久

陈仕艺诗辑

沐艺，本名陈仕艺，生于1976年冬，随笔千余首。2016年6月《当代诗歌》擂台赛中荣获优秀诗人奖，2017年5月被评为《中国爱情诗刊》"十大银牌诗人"，2018年2月获《新诗百年》百佳诗人荣誉称号。2018年4月获《魅力朱备》优秀诗人奖。

六月依旧

推开六月的门
五月的思念
随风柔柔洒洒地飘来
恰好与我撞个满怀
好想斟一盏老酒
好想沏一壶香茗
或许能抚慰
我这隐隐作痛的胸口
这时的窗外
不知名的虫儿
从草丛中传出悦耳的声音
似在静夜里弹奏一首乐曲
今夜
我深信你一定会来
从温柔的梦里走来
因为
这是一场
属于你我的人间烟火

肖宏武诗辑

　　肖宏武，山东省淄博市淄川区太河镇人，1973年4月生，毕业于淄博第二十中学，1993年入伍，1998年参加工作至今。

观淄河有感

古今悠悠，多少事，
一河北去，入流。
爬山越坎，呼啸奔腾，
浪花飞溅石上。
抗日游击，出两岸，
吓破敌胆，壮志情怀 。
坚石犹在，
不见昔日英雄。
壮美淄河，曾记否，
马鞍激战，枪炮连天？
淄河儿女英气长存，
太河惨案，我们仍记。
不忘初心，勿忘国耻。
鲜血洒满幸福路，
英烈含笑九泉，
砥砺前行。
警醒霸权者之心，
让淄河清澈奔流。

李云娥诗辑

李云娥，网名素心如简，中学高级教师，发表过诗歌、散文、论文多篇，得过文学大奖。闲暇操练文字，怡情养性。

时光帖

时光
大蒜一样
一片一片剥落
把青丝绾成白发

把时光掐出水
逆流而上
寻找你的渡口

看到
时光裂开的伤口
有人在里面
悲歌

赵晓辉诗辑

赵晓辉,笔名晓辉,女,内蒙古人,铁路工作者,获世界汉语文学作家协会会员,作品获首届中国昆仑诗歌奖银奖、第二届中国草原诗歌奖银奖、第八届中国诗歌大赛银奖等奖项,被授予 2018 年度最佳女诗人荣誉称号。

小 雪

雪很小
顺着梦
花朵成河

幸福的
战士打马而过

尘土飞扬
天才穿戴鲜花

一把好风
又轻又软
遇上好麦子

王凯诗辑

王凯（笔名乐凯），云南楚雄人，喜欢平淡真实的生活；诗中入梦，梦里有诗，曾有多篇作品在《全球辽宁诗歌网络平台》《情感文学》《河北诗刊》等发表。

秋 吻

秋天
缕缕的风
悠悠飘来
轻轻抚摸沉醉的稻穗

稻穗
沉甸甸
因醉得太深
只微微抬了一下头
仍深情于秋

田野
风吹稻浪
翩翩起舞
金灿灿的色调
酿成秋的丰硕
裸露出醉人的丰盈
尽情展现她的美

悯农
躬耕田野
尽将勤劳挥洒田野
世间一切的美好

悯农的喜悦
已悄然融进片片金色里
初心依旧
走在希望的田野上

秋风
沉醉于秋的美色
迷恋着泥土的清香
阵阵亲吻
携上泥土的清香
带着稻谷的芳香
欣慰地飘向远方

晏冰诗辑

　　晏冰，男，汉族，贵州黔南人，网名桃花堆雪，生于1976年，大学文化，辽宁文学院第五期青年作家班学员。《红旗诗刊》主编。1991年开始发表诗歌，写有诗歌1000余首。

西湖醉

男儿切莫游西湖，
到了西湖顿温柔。
跨海雄心浮霓云，
劈天壮志风卷走。
君不见赵构君臣恋湖水，
千古悠悠惹人愁。
如今又闻笙歌声，
遍眼春光楼外楼。